昭和 31 年の有吉佐和子、文楽人形とともに
(写真提供：有吉玉青氏、使用許諾：藤田三男氏)

有吉佐和子論

――小説『紀ノ川』の謎――

半田美永

鳥影社

プロローグ

有吉佐和子の足跡と、その文学世界は、ほぼ四つの分野に分けられる。

その一は、演劇専門誌『演劇界』との関わりに見られる。その端緒は、昭和二十六年（一九五一）、『演劇界』に応募した「懸賞俳優論」が入選したことである。この年、「尾上松緑論」（五月）、「中村勘三郎論」（八月）、「市川海老蔵論」（十一月）がそれぞれ二等に入選、論文は未掲載だったが、このことが、当時の編集長・利倉幸一《としくらこういち》に認められ、これを契機に彼女は『演劇界』の嘱託となった。そして、翌年七月から昭和二十九年十二月号まで、訪問記「歌舞伎の話を訊く」「父を語る」などを『演劇界』に連載することになったのである。当時、各界で活躍する著名人に接する際の、知的で冷静なまなざしと好奇心、加えて威風堂々とした彼女の態度には驚かざるを得ない。満二十一歳。この時、彼女は東京女子大学短期大学部の英語科を卒業したばかりであった。この時期は、ルポを通じた活動期である。

その二は、臼井国雄らの同人誌『白痴群』に参加して、小説の第一作「落陽の賦」（昭和二十九年、同誌第六号）を執筆したことである。後に、この小説は「落陽」と改題され、大幅な改稿を経て『小説新潮』（昭和三十六年三月）に掲載された。匈奴に嫁す王昭君の運命を変えた画工・楊を主人公とした作品である。倦怠を覚え始めた老境の楊と、王昭君との出会いを絶妙の筆に乗せて書き上げている。中国の故事を素材とした作品は、「孟姜女考」（『新潮』昭和四十四年一月）などにも見られるが、彼女の小説家としての出発が、中国故事の世界にあったことが興味深い。その後、『新思潮』に移り、精力的な執筆活動に入るが、「地唄」（『文学界』昭和三十一年一月）が文学界新人賞候補となり、また芥川賞候補ともなったのは周知である。なお、「落陽の賦」は『オール讀物』（平成二十六年七月）に、没後三十年を記念して再録されている。この時期は、伝統芸能を題材とした短編小説の時代である。

その三は、舞踊家・吾妻徳穂《とくほ》との出会いである。二人の出会いは、昭和二十九年のこと、公演の為に渡米することになる吾妻徳穂の留守宅を預かったのが有吉佐和子だった。吾妻徳穂は、前年の第一回アヅマカブキで知り合った米国の興行師・ヒューロックから知人のロン・バリーを通じ、内村直也を介して会ったのが「大学を出て間もなくの有吉佐和子」であったと記している（『踊って躍って八十年』、読売新聞社、昭和六十三年、一〇七頁）。以来、有吉佐和子は吾妻徳穂のアメリカ公演の際の、連絡係兼秘書を兼ねることになった。彼女の舞踊への強い関心は、「地唄」以降の「キリクビ」（昭和三十一年四月『三田文学』）「まっしろけのけ」（同年十月『文藝』）「白い扇」（昭和三十二年六月『キング』）や、舞踊界での芸道をテーマにした長編「連舞《つれまい》」（昭和三十八年、集英社刊）、「乱舞《みだれまい》」（昭和四十二年、集英社刊）などに活かされている。

また、舞踊や三味線の世界は、自然に舞踊劇、音楽劇、人形浄瑠璃、文楽へと、彼女の興味と関心を惹きつけてゆく。人形浄瑠璃「雪狐々姿湖《ゆきはこんこんすがたのみづうみ》」（高見順原作、有吉佐和子脚色、鶴澤清六作曲、昭和三十一年上演）は、大阪の文楽座で上演されて話題になった。松竹の大谷竹次郎（三代目）の企画によるものだったが、この大谷と清六を有吉佐和子に紹介したのも利倉幸一であった。利倉幸一『残滴集』（演劇出版社、昭和五十七年）には、多彩な交友関係と演劇に対する熱い思いが凝縮されている。若き日の有吉佐和子が、利倉幸一に出会い、また吾妻徳穂との出会いによって、大きく羽搏《はばた》いた時期である。

その四は、ルポルタージュ作家としての顔である。『女二人のニューギニア』（昭和四十四年、朝日新聞社刊）、『有吉佐和子の中国レポート』（昭和五十四年、新潮社刊）、『日本の島々、昔と今。』（昭和五十六年、集英社刊）は、その代表的な作品である。早い時期に、例えば鹿児島県黒島を訪ねて、「私は忘れない」を『朝日新聞』（昭和三十四年八月〜十二月、夕刊）に連載したが、以来ルポを通して生まれた作品が多く見られる。それらは、彼女の出発期における『演劇界』での「訪問記事」執筆の体験が大きな成果をもたらしたといえるだろう。訪問記を書くには、相手の面会の期日と時間の制約がある。彼女は、当代きっての多くの優れた人材に会い、そこからおのが道を一筋に生きる人間の魅力を感じ取っている。後に、多忙を極めるようになった有吉佐和子が、原稿締切りの数か月前には作品を仕上げていたというのは、そのような体験があってのことだろう。一年分の原稿を、担当編集者に手渡していたという逸話もあり、そのこともまた若い日のルポ体験が活かされたともいえるが、何よりも相手を思いやる彼女の心の表れであるに違いない。

＊

有吉佐和子が手掛けた戯曲や台本も多いが、今、確認できる作品の初出を掲げる。

「笑う赤猪子　一幕」（『文学界』昭和三十二年七月）、「龍安寺秘聞―石の庭」（昭和三十四年五月、菊五郎劇団による歌舞伎座上演台本）、「光明皇后　三幕」（『文藝』昭和三十七年五月）、「華岡青洲の妻　四幕九場」（『東宝』昭和四十二年十月）、「ふるあめりかに袖はぬらさじ」（昭和四十五年七月、中央公論社刊、本書には「華岡青洲の妻　四幕」が併せて収録されている）、「楢山節考　二幕六場」（『歌舞伎』昭和四十六年七月）、「ケイトンズヴィル事件の九被告」（『世界』昭和四十七年一月）、「真砂屋お峰」（昭和五十年六月、東京宝塚劇場での上演台本）、「日本人万歳！」（『中央公論』昭和五十二年二月）。その他、舞踊台本等が残されている。

また、繰り返し舞台化される小説「三婆」（『新潮』昭和三十六年二月）や、「亀遊の死」（『別冊文藝春秋』昭和三十六年六月）などは、初期の作品ではあるが、すでに作者が女性の目を超越して、必然の悲しみを描く鋭利な風刺を実現していることに驚かされる。有吉佐和子の文学は、複眼的な視点から世界を炙り出して、時代を見据えた問題提起を行っている。

そこに、有吉佐和子の文学世界の特色があるだろう。

本書は、有吉佐和子の初期に照準を当てたものであり、特に代表作のひとつである小説「紀ノ川」を中心に考察を進めた。作品「紀ノ川」が、作家としての自覚を確立させた作品であることを、作者自身が繰り返し発言しているからである。付章には、彼女の出発期における歌舞伎関係の資料、また出発期の自己を物語る文献を整理して収録した。それらは、膨大な有吉佐和子の足跡の一部でしかない。しかし、これらの文献は、寡黙にして誠実に、有吉佐和子という作家の本質を物語っていると判断したからに外ならない。

有吉佐和子論

——小説『紀ノ川』の謎——

目次

付章・資料……89

有吉佐和子論

——小説『紀ノ川』の謎——

小説「紀ノ川」の謎

――〈虚〉と〈実〉の綾織り

序章　有吉佐和子の創作態度

季刊雑誌『歌舞伎』（第十巻第四号、昭和五十三年四月）に掲載された「最初で最後」と題する有吉佐和子の文章がある。同誌は、「第四十完結号」と表紙に記載され、最終号に求められて他の執筆者とともに、有吉佐和子が「巻頭随筆」をものしたのであった。そこには、次のような文章がある。

私は大谷竹次郎翁によって、歌舞伎や文楽に新作を書き、演出家としてもデビューさせてもらった。小説が世に出たと同時に、演劇界でも仕事が出来た。思えば幸運だった。二十四歳のみぎりである。何もかも、いい勉強になった。

さて、有吉佐和子が二十四歳といえば、昭和三十年のことであり、そのころの彼女は舞踊家・吾妻徳穂の渡米にあたり、留守宅を預かった年である。小説「紀ノ川」の花のモデルとなった祖母ミヨノが病没した年でもあった。佐和子は実家のミヨノを病床に見舞った。「増鏡」などを、華子が枕辺に読み聞かせる場面は作品「紀ノ川」にも描かれている。この年、春と秋の二回にわたり帰郷、紀ノ川のほとりを歩いたことは、現在の有吉佐和子年譜などによっても知ることができる。

また、同人誌に作品を発表しながら、雑誌『演劇界』にインタビュー記事などを精力的に連載していた時期でもある。小説「落陽の賦」（『白痴群』昭和二十九年四月）、「盲目」（『新思潮』昭和三十年八月）、また『文学界』新人賞候補作「地唄」（『文学界』昭和三十一年一月）、そして舞踊劇「綾の鼓」が新橋演舞場で、人形浄瑠璃「雪狐々姿湖」が大阪文楽座で上演されるなど、その文学的出発期における演劇との関わりは、小説とともに濃密な関係にあった。その背景には、松竹を創業した大谷竹次郎（明治十年〈一八七七〉～昭和四十四年〈一九六九〉）の存在があったとみずからがいう。

有吉佐和子が、松竹の大御所大谷竹次郎の庇護を受けるようになるには、その卓越した才能とともに人の出会いの不思議を思わせられる。昭和二十八年、演劇を志す新人たちで作った「ゼロの会」、そこには後の歌舞伎専門雑誌『季刊歌舞伎』の編集長となる野口達二や松竹演劇の責任者となる永山雅啓がいたのである。雑誌『歌舞伎』は、昭和四十三年に創刊、松竹から発行された。野口達二の編集によって、昭和五十三年の四十号までが刊行されている。創刊号には『四谷怪談』の特集が組まれ、その後も『忠臣蔵』（第二号・昭和四十三年）、『怪談』（第五号・昭和四十四年）、『冥途の飛脚』（第七号・昭和四十五年）など、学術的にも質の高い雑誌として歌舞伎ファンを魅了したのであった。

有吉佐和子の戯曲「出雲の阿国」が、上演台本として平岩弓枝の脚色で『歌舞伎』（第三巻第一号、昭和四十五年七月発行）に掲載された時には「特集・義経千本桜」であった。同誌には、服部幸雄氏による「出雲の阿国・芝居と小説」が併載され、明治以降に小説化され、あるいはまた劇化された作品が紹介されている。なお、有吉佐和子が自作の小説を戯曲、または台本に書き改めた作品は少なからず存在するが、「出雲の阿国」に関しては、この平岩弓枝の台本・脚色が唯一のようである。

また、大谷竹次郎から学んだこととして、「私の現在の芝居つくりの基礎は、松竹で、大谷さんの助言によって築かれていた」といい、「芝居に何より大切なのは、役者よりも客だということを、大谷さんは私に教えて下さった」と有吉佐和子は記している（前掲、「最初で最後」）。大谷竹次郎は、昭和四十四年（一九六九）十二月二十七日に、満九十二歳で没した。その時にも、有吉佐和子は「文壇へ登場したばかりの私が、大谷会長のおかげで、いきなり文楽の世界へ入ることができたのです。そこで私は、実に多くのものを学びました。／文楽と同時に歌舞伎にも私の道をひらいて下さったのは、大谷会長です。若かった私に、なかなか飛び込めない世界へ道をひらいて下さって、私は思う存分吸収したと思っております。」（「思い出すこと」『季刊歌舞伎』第二巻第四号、昭和四十五年四月、特集・大谷竹次郎追悼）と記している。念のために付記すれば、大谷竹次郎に有吉佐和子を紹介したのは、『演劇界』の編集長利倉幸一であった（補注1）。

＊

ところで、有吉佐和子原作、松浦竹生演出による歌舞伎『龍安寺秘聞―石の庭〈三幕六場〉プログラム』（昭和三十四年五月）に「事実と芝居と」と題する原作者のエッセイが掲載されている。有吉佐和子が、作品執筆の舞台裏を披露したものだ。それは、「実在の事物や人物」と「物語」との関係について記した貴重な資料でもある。そこでは、「どこまでが事実で、どこからがフィクションなのか─」という問いに答える形になっている。戯曲「石の庭」は、単行本『ほむら』（講談社、昭和三十六年五月）に収録され、現在は文春文庫『ほむら』（文藝春秋、平成二十六年十二月）に収録されている。

戯曲「石の庭」は、相阿弥の作と伝えられる室町時代の名園・龍安寺の石庭を題材にした作品である。もと和田勉の演出、昭和三十二年十一月二十二日にＮＨＫ・ＴＶドラマで放映され、第十二回芸術祭テレビ部門奨励賞を受けた作品である。作者の関心は「相阿弥は足利将軍に同朋衆として仕えた絵師で、美術の鑑定家として名高いけれども築庭の事実はない」とする研究者の見解に発し、「しかも竜安寺が建築されるずっと前に死んでいます。」という疑問を契機として生れた作品である。

では石庭の実際の作者は誰かという疑問に答える史実は皆無で、当時四条流という造園術を持つ庭師がいて多くの仕事をしているということは分かっていても、さて石庭と四条流を結びつける確証がありません。学者は仮定や推論をみだりに振廻すことができないのでバラバラの研究になっています。

作者は、龍安寺石庭でこんにちも明らかにされていない「小太郎、末二郎」という二人の名前に注目する。それは、本堂からは見えない高い岩の裏側に彫られていた名前であった。「古く刻まれたもので、末二郎の方は徳二郎とも読めます」。人知れぬ場所で、長い時間を沈黙の裡に過ごした、この二人の心の声を探り当てることが作者の目的であったという。「名利」と「仕事」――それは人間として生きる限り、永遠の背反する心理でもある。

人間には誰でも名を揚げたいという欲望があり、その一方で、有名になるのは愚劣なことだ、大切なのは仕事なのだと思う心があります。誰にでも必ずこの二つの考えが頭の中で葛藤しているのではないでしょうか。私は、それを小太郎と末二郎の二人兄弟に語らせてみたいと思いました。

有吉佐和子はこの作品の中で、架空の人物「白妙」と「かよ」の二人を登場させている。史実に架空の人物を配することによって、新たな〈真実を〉獲得するというのが、有吉佐和子の物語観であり、史実そのものを超えたところに、彼女の作品世界が構築されるのである。このような創作態度は、彼女のほぼ作品の全てにおいてみられることであり、学問的に未解決な歴史的事象こそが、作品の素材として選択されることになる。作品「石の庭」が、歌舞伎として、菊五郎劇団により上演されたのが昭和三十四年のことであり、この年、「乾坤一擲」（「私の文学　ああ十年！」『われらの文学15』講談社、昭和四十一年七月、四六九頁）の思いで書き上げた作品が

「紀ノ川」(『婦人画報』昭和三十四年一月より五月まで連載)だったのである。

本稿では、まず有吉佐和子の文壇的出発に至るまでの足跡を俯瞰し、初期代表作のひとつである「紀ノ川」に照準を当て、その作品の特色と意義とについて考察を進めてみようと思う。作品の引用には、『紀ノ川』(『有吉佐和子選集』第一巻、新潮社、昭和四十五年四月)を用いることにする。

Ⅰ章　小説「紀ノ川」に描かれた〈虚〉と〈実〉

一節　「紀ノ川」執筆まで

有吉佐和子は、昭和六年（一九三一）一月二十日に和歌山市小松原通四丁目二十番地の日赤病院で生まれた。これまでの各種年譜には、「和歌山市真砂丁」の生まれとあるが、これは正確ではない。「真砂丁」（現在の吹上一丁目）は、和歌山城付近に位置し、木本主一郎の別宅のあった場所である。また、有吉佐和子の母の秋津は、海草郡木ノ本村（現在和歌山市大字木ノ本）の旧家木本家の出身。代々庄屋の家系であった。昭和十四年、秋津は、佐和子の弟眞咲を出産する際にも、木ノ本に帰っており、佐和子は、木ノ本尋常小学校に一年足らず在籍した。

秋津の父・木本主一郎（明治八年〈一八七五〉五月十日〜昭和十四年〈一九三九〉九月十八日）は、和歌山中学（現在桐蔭高校）から東京専門学校（現在早稲田大学）政治科に進んだ。後に和歌山県会議員（第二十一〜二十四代議長）、昭和三年（一九二八）には衆議院議員に最高点で初当選、以来政友会のリーダーとして中央政界で活躍した。彼は政界だけではなく、和歌山県農会長、和歌山県移住組合会長、その他阪和電鉄（現在ＪＲ阪和線）、加太軽便鉄道（現在南海加太線《かだ》）等の多くの役職を兼任、実業界の重鎮としても生涯を終えた。

木本家のあった「海部郡木本村」は、明治二十二年（一八八九）に「木ノ本村」となり、明治二十九年（一八九六）から「海草郡」に編入された。昭和十七年（一九四二）から和歌山市に編入されて「海部《あま》郡木本村」は「和歌山市大字木ノ本」となった（補注2）。木本主一郎の履歴にも、また地名の記載にも、伝承される有吉佐和子関連の文献には混乱が見られるので、あえて記しておくことにする。木本主一郎は、有吉佐和子の母方の祖父に当たり、小説「紀ノ川」（昭和三十四年）には、花の夫・真谷敬策のモデルとして登場する。有吉佐和子の母・秋津は、明治三十七年（一九〇四）の生まれだから、その原籍は「海草郡木ノ本村」である。有吉玉青『ソボちゃん』（平凡社、平成二十六年〈二〇一四〉五月）から引用する。

祖母というのは、母方の祖母、有吉秋津のことです。／祖母は明治三十七年（一九〇四）、和歌山の庄屋の家に生まれました。旧姓は木本といいます。父親は政治家でした。祖母の上に兄が一人、下に妹三人と弟が一人います。（九頁）

作品「紀ノ川」では、真谷敬策のモデルとして木本主一郎が、また娘の秋津（佐和子の母）が文緒のモデルとして登場する。念のために確認すれば、花の嫁ぐ「真谷家」は「紀ノ川のずっと下流にある海草郡の有功《いさお》村六十谷《むそた》」にあり、花の実家「紀本家」は、高野山の麓にある「九度山《くどやま》村」として設定されている。なお九度山村は、女人高野として知られる慈尊院のある慈尊院村に隣接し、花には「元官荘府、荘内の村々から降るように縁談があった」（第一部）とある。「官荘府」――そこには、丹生官省符《にうかんしょうぶ》神社（現、宮崎志郎宮司）が鎮座する。慈尊院奥の石段入口には「高野山町石道《ちょういしみち》登山口」の碑があり、その境内は霊峰高野山の遥拝所としても知られる。

後年、有吉佐和子は「主人公の花は私の最も敬愛する祖母のイメージを土台にした」と告白している（「自信の基礎を築く」『朝日新聞』昭和三十七年一月四日）。「祖母」とは、木本主一郎の妻・ミヨノのことである。祖母のミヨノに関しては後述することにする。

また、花の娘・文緒の出産が「市内高松町にある日本赤十字病院」（第二部）とあり、佐和子自身がモデルとなった華子の出生は「日本赤十字病院」であったことが記されている。従来の、有吉佐和子生誕地として「年譜」に記載される「真砂丁」には、木本主一郎が執務を兼ねた別邸があった。その別邸は、現在は取り壊されて、痕跡は残らない。

小説「紀ノ川」には「真砂町――そこには真谷敬策のささやかな妾宅があったのだ」（第二部）とある。その同じ真砂町に敬策は、売りに出ている「唐木男爵の、千二百坪を擁する豪壮な邸宅」を買い取ろうとしていたのだった。政界での実力と共に、この邸宅は現実のものとなる。「洋風の大きな鉄製の門が開けば、玄関まで二十間ほどの砂利道が続き、平屋造り建坪二百三十坪の家には、来客しきりで書生も女中も何かと気忙しく走りまわっている」。そして、「その中心には、花がいた」のである。

有吉佐和子の従来の「年譜」に記載される「真砂丁」（又は、真砂町）出生説は、この小説が出典となっているのではなかろうか。「真砂丁」は現在の「吹上一丁目」である。丸川賀世子

「お母さんから伺った話」には「佐和子が和歌山市の日赤病院で生まれた時、主人はニューヨーク支店へ単身赴任していました。」（『有吉佐和子とわたし』文藝春秋、平成五年七月、二〇五頁）とある。和歌山市の日赤病院は、明治三十八年四月一日に開設、明治四十三年一月より現在に至るまで現住所は「和歌山市小松原通四丁目二十番地」（和歌山日赤病院医療センターの記録による）である。従って、有吉佐和子の出生地は、正確には、日赤病院のある「和歌山市小松原通」でなければならない。そして、有吉佐和子の母の実家は現在の「和歌山市木ノ本」なのである。やがて、佐和子は学齢期となり、両親とともに外地での生活を体験することになる。長編小説「紀ノ川」の執筆までには、その外地体験と帰国の現実とを経なければならなかった。

二節　ジャワでの生活から帰国へ

有吉佐和子の幼少時のジャワ体験と帰国、またその反動としての歌舞伎への心寄せについては、日本の戦後を体験した彼女の感性が、海外で抱いた祖国「日本」との違和を感知したことなどを指摘することができる。例えば、未定稿の小説「終らぬ夏」に次のような記述がある。

粗末な紙は戦後にセンカ紙と呼ばれているザラ紙で、そこへ緑一色の印刷で模様化した文字は「語劇祭」と読めた。歩見子は有楽町の駅を出てから、そのパンフレットをあらためてひろげると、その辺りだけ逸早く復興しているケバケバしい街の様子に先に気をとられた。

ジープが疾走している。パーマを当てた長い髪を垂らし、茶系統の長い外套を着た厚化粧の女たちが、胸に金色の流行のブローチをつけて、行き交うGIたちに猛烈なブロークンイングリッシュで呼びかけている。別に目新しい光景ではなかった。敗戦後の日本にもう数年続いている生活なのだった。焼け跡はまだまだ赤く爛れたままで、人々は心を荒廃させていた。不滅の神州、不敗の大日本帝国陸海軍が敗けたのだ。

（「終らぬ夏」第二部「旗」（一）、『文学界』昭和四十四年十一月）

小説「終らぬ夏」（第一部「蟻」）には、正金銀行のバタビア銀行の支店長として赴任した藤堂洋一郎と妻の友絵、それに歩見子の現地での生活が描かれている。時代は昭和十一年から戦時にかけての物語である。やがて、藤堂一家は日本に引き揚げてくる。そして、終戦。引用した第二部は、大学生となって演劇に関心を示す歩見子の生活が展開されるのである。

作者の有吉佐和子が父に同行して、神戸港からバタビアに渡ったのは、昭和十二年一月七日、門司、上海、香港などに寄港して二週間余りでシンガポールに到着、下船して乗り換えバタビアに到着したのが同月二十五日であった（補注3）。帰国後、昭和二十四年四月に東京女子大学文学部英文学科に入学、演劇に関心を寄せる佐和子の姿と、作中の歩見子の姿が重なる。小説「終らぬ夏」には、藤堂洋一郎の家族を通して、作者・有吉佐和子の歩みが、ほぼ正確に書き込まれているのである。

三節　なぜ演劇なのか

なぜ帰国後の有吉佐和子が、演劇に心を寄せ、そして歌舞伎の世界に入っていったのか、それについて考える為には彼女の海外での生活と、敗戦後における日本の社会状況との落差とを考えなくてはならない。少し長くなるが「ゴージャスなもの」（『演劇界』昭和五十二年一月）と題するエッセイから引用する。

日本で生れはしたものの四才のとき外国へ行って、十二才までジャバで育った。今のインドネシアだが、当時はオランダの植民地で、原住民の被搾取と忍従の歴史の上に白人社会が天国のように構築されていた。そこではイギリス人とオランダ人が一等国の人種として扱われ、日本人とアメリカ人は二流の外国人と位置づけられていた（略）。／紀元二千六百年を、私はスラバヤ日本人尋常小学校で迎えた。常夏の国で、校長先生はモーニングに縞のズボン、白い手袋を身につけ、酷暑の下で茹で上った顔から滝のように汗を流し、「世界に冠たる大日本帝国の臣民」として生れた私たちの幸福と義務とについて大演説をなさった。全学二百人ばかりの生徒たちの多くは南京町に住む小商人たちの子供だったから、みんなポカンとして校長先生がどうしてこんなに興奮しているのか訳が分らなかった。

当時の有吉佐和子の家族は、「大理石を床に敷きつめた白亜の舘と、テニスコートが二つもある裏庭や、ひろい芝生の前庭を持ち、自家用車と十数人の召使を持った暮らしをしていた」という。その生活の様子は、すでに指摘したように、「終らぬ夏」第一部・「蟻」（『文学界』昭和四十四年一月〜十月）にも、藤堂歩見子の視点を通してほぼ正確に活写されている。外地で受けた日本人教育と体験とが、やがて帰国後の佐和子に大きな「衝撃」を与えることになる。祖国への望郷の念が募るにつれて、「日本」は「荘厳に美化」されて彼女の胸中で肥大化していたに違いなかった。

さらに、エッセイ「ゴージャスなもの」（前出）には、「外国に向かって誇れるゴージャスなものは歌舞伎だけだと私は今でも思っている。」という一節があり、戦後の日本の風景に落胆した彼女が、日本の伝統的な芸能の世界に希望を見出したのであることが分かる。また、「伝統美への目覚め——わが読書時代を通して——」（『新女苑』昭和三十一年十二月）と題したエッセイには、「故国日本と思い詰めて帰った私に、街路も家並も懐しさを覚えさせなかったのだったが、手弁当で劇場に出かけ、舞台に駘蕩としている豊かさと様式美には、強烈な感銘を覚えた。」と記している。

後者のタイトルのリードには「古くさいといわれる新進作家有吉さんが既成知識人への抗議として綴った生い立ちの記録」とある。当時の有吉佐和子は「二十四歳」、すでに三年にわたり演劇専門誌『演劇界』に訪問記事や劇評を書き、この年の八月には舞踊劇「綾の鼓」が中村鴈治郎、扇雀によって新橋演舞場において上演されるなどしていたのであった。また、小説「地唄」が芥川賞候補になり、近く東宝で映画化される予定でもあった。まさに華々しいデビューであった。

四節　なぜ〈紀本家〉が〈九度山〉に設定されたのか

さて、小説「紀ノ川」は『婦人画報』（昭和三十四年一月号から五月号）に五回にわたって連載された。連載完結の翌月には、単行本『紀ノ川』（中央公論社、六月十日発行）が刊行された。函入り二八四頁、二頁の「あとがき」が付載されている。連載一回分の字数は、四〇〇字詰め原稿用紙に換算して、約八十枚から百十枚という『婦人画報』としては異例の扱いだった（単行本「あとがき」）。また、「あとがき」の一部を抜粋要約した「帯」には、次のような「著者のことば」がある。その全文を引用する。

一応世に出てから三年、そろそろ仕事の上で慾が出てきたのかもしれません。贅沢な気持ちで豊かなものを追う心で小説を書きたい、「紀ノ川」は、その私の願いから書いたものです。これを書くために十分の時間を確保したこと、それによって十分のびやかな気持ちを養ってから筆をとることができたこと、それが書きあげた今は嬉しくて思い残すことがありません。渾身の勇を振うと云っては大仰に聞こえるかもしれませんが、明治末年からの女の三代を描いて時代の厚みを出すために力一杯でぶつかったつもりです。

著者の言葉によれば小説「紀ノ川」は、「贅沢な気持ちで豊かなものを追う心」で、「明治末年からの女の三代」を描きながらも「時代の厚みを出すために」渾身の力を籠めた作品だった。そのことを念頭に置きながら、読者の一人として筆者はこの作品を読み解いてみようと思う。作者は、この小説を書くために、実際に九度山町を訪ねている。

小説「紀ノ川」の花の実家・紀本家は九度山村（現在、和歌山県伊都郡九度山町）に実在するものと、今も読者の多くは信じているようだ。そして、確かにこの小説は、そのように読まれるように仕組まれている。執筆にあたって、作者は女人高野の慈尊院住職にインタビューをした。「庫裡で住職が話されたのは九度山の渡し船の沿革と、紀ノ川の水の変化であった」（「舞台再訪私の小説から―紀ノ川」『朝日新聞』昭和四十一年十月二十七日）。その時の住職の歎きは、「水が汚れた」ことに力点が置かれていたという。

戦時下の帰国子女であった彼女には、歌舞伎や文楽といった華やかな日本の伝統芸能への憧憬が徐々に芽生えてくる。なぜなら、憧れていた日本の姿と、世界を相手に戦っていた当時の母国の実態とは、彼女の中で余りにも乖離した世界であったのだ。紀ノ川に対しても、同様の意識があったのではないか。だが、その流れの翳りを知った時、作家は川の行方に秘かな危惧を覚えたのではなかったのか。川の濫觴《らんしょう》を見定め、やがて注ぎこまれる海の彼方へと、彼女の視線が向けられるようになる。

さて、小説「紀ノ川」は、紀本家の花が祖母の豊乃に手を引かれて、慈尊院の石段を上る場面から始まる。この日、花は和歌山市六十谷の真谷敬策に嫁ぐのであった。「早春の九度山は、朝靄に包まれていた。花は左手に祖母の力強い手を感じながら黙って石段を上り切った」。豊乃は、文政五年生れの七十六歳。「明治維新（ごいっしん）を持ちだすのが口癖」であったとある。慈尊院は知られるように、高野山の開祖・空海（弘法大師）の母堂を祀る。高野山は女人禁制の場であり、結婚前の花は豊乃に導かれて「大師の母公と弥勒菩薩を祀る霊廟に」安産と育児とを祈願したのであった。豊乃自身が、曽《かつ》てそうしたように──。

ところで、昭和三十九年十月から翌年三月にかけて「紀ノ川」はＮＨＫテレビで放映された。花を南田洋子が演じた。放送に先立ち、同年九月、紀本家として、九度山町入郷《にゅうごう》の旧家岡家の座敷が舞台となった（『九度山町史』九度山町、昭和四十年十一月、四〇二頁）。小説では「慈尊院の石段を手を繋ぎあったまま降りてきた二人を、待っていた人々がとり囲んだ。船出の用意は整えられている。九度山村と慈尊院村は総出で見送りに来ていた。」とある。実家を後に、花は九度山の渡し場から、舟に乗って嫁ぐのである。

冒頭の「女人高野慈尊院」への祈願、紀ノ川河口に近い海草郡六十谷村の真谷家への縁組、それは舟による「流れに沿うた」嫁入りであった。紀ノ川の流れに逆らった縁組には不幸が襲う。女性の吉徴を予測させ、また紀ノ川の源流を想起させる場。物語の設定は、豊乃の意に沿うように流れてゆく。豊乃は、「弘法大師の御母公」の力を受けて、花の運命を導く存在として置かれている。

一体、九度山の岡家とはどういう歴史をもつのか。『広報くどやま』（九度山町、平成八年四月号）に掲載された「陸奥宗光の手紙（一）」によれば、「岡勝重宅から小二郎時代の手紙と兄宗興の手紙等伊達家に関する古文書が発見された」とある。小二郎とは陸奥宗光の幼名、彼が九歳から十五歳までの間、九度山村入郷で暮らしたことは、『九度山町史』（前出）にも「陸奥屋敷」

として記載されている（一八五頁）。この裏付が「入郷岡文書」である。時代が下り、明治に至り九度山町出身の政治家に岡規矩之助なる人物がおり、「伊達宗興について漢書を学ぶ」（『和歌山県史・人物』（和歌山県、平成元年三月、八十一頁）とある。伊達宗興は陸奥宗光の兄であり、「岡文書」にも同様の趣旨の記述がある。テレビの撮影にあたり、花の実家・紀本家には、この「陸奥屋敷」と伝えられる岡家が選ばれた。その櫓跡から眺望する紀ノ川は、今も悠然と流れている。有吉佐和子もまた、取材の折に岡家の当主より聴き取りをしたことが、現在の当主・岡勝重氏の筆者宛書簡（令和二年二月二十七日付）から窺い知ることができる。

有吉佐和子の「祖母」は「ミヨノ」といい、昭和三十年の秋に病没、この年、彼女は春と秋の二度にわたり祖母を見舞い、紀ノ川のほとりを歩いた。小説「紀ノ川」第三部には、華子が病床に花を見舞い、増鏡を読んで聞かせる場面がある。有吉家に残る「ミヨノ」の小学校初等科の卒業証書によれば、旧姓は「高橋」であり、「岡」ではない。名は「みよの」と記載され、海部郡木本小学校卒とある（玉青氏による）。「岡には花のモデルとなるような人物はおりません」（筆者宛、前記、岡勝重氏書簡）。

なお、みよのは、「助左衛門四代記」（『文学界』昭和三十七年一月〜翌年六月）には、四代目の次女・三鶴として登場する。甥の克己はビタミンAの抽出に成功した高橋克己（小説では垣内姓）であり、三鶴は「関西政友会の大御所」垣内太一郎に嫁いだ。モデルは、佐和子の母方の祖父母・木本主一郎とみよのである。「紀ノ川」の原型が「死んだ家」（『文学界』昭和三十三年五月）であることを思えば、九度山村を起点とするこの物語こそ、「家」の機軸を反転させ、時代とともに蘇生させる試みであったといえるのではないか。

華子は、茫洋とした海の彼方を眺めていた。そこには、〈家〉の呪縛はなく、紀ノ川のうねりが息づいていたのだった。読者は、その華子のまなざしにこそ、作家の真意を掬い取らねばならないと思う。華子は、昭和六年の生まれとして設定され、その生年は作者と同年である。華子の語りは、作者の語りでもあり、封印された物語の〈真実〉は華子によって述べられようとしているのである。華子のまなざしの向こうに予感させる世界、それこそが、作家有吉佐和子の眺めていた世界なのである。

「紀ノ川」のモデル（木本家の人々）
左から三人目ミヨノ（花のモデル）
右から後列三人目主一郎（真谷敬策のモデル）
――木本家所蔵――

Ⅱ章　豊乃から花へ、そして華子へ

一節　豊乃と花

紀本豊乃は、文政五年（一八二二）の生まれで、花の嫁ぐ日には「七十六歳になる」と記される。花が嫁ぐのは明治三十二年（一八九九）である。花の母親・水尾は「若くして死んだ」が、「姑である豊乃に気をかねて小さくなって暮らしていたのを」豊乃自身がよく知っていた。豊乃の夫に関しては、作品では全く触れられていない。豊乃は家つき娘で婿をとり、家の実権はすべて彼女が握っていたのである。

豊乃にとって、花はたったひとりの孫娘であり、「自分が受けたような教育を花にほどこすことによって、花を豊かに成長させたいと願った」。花はその期待に応えて、美貌と教養とを備えた娘に成長したのだ。花には「紀本家のある九度山村、隣接する慈尊院村以下、元官荘府、荘内の村々から降るように縁談があった」が、「どれにも豊乃は首を横に振った」のであった。その理由が、次のように記されている。

彼女の口から花に婿をとって分家させるという言葉は出なかったが、縁談のある度に豊乃は何かと難癖をつけて退けたのである。主な口実は、望む家の格が低いということであった。高野山政所のある慈尊院村の旧家である大沢家から次男の嫁にと望まれたときは、豊乃の妹が嫁入った先だから従兄弟の子供同士で血が濃すぎると、理由にならぬ理由を云いたてて反対した。

紀本家の当主である信貴は、「温厚な人柄で孝心」が篤かったが、娘の花の縁談に関しては、完全に母の豊乃に押さえられていた。花の縁談はひとまず収まり、二年後に再燃する。その相手が、紀ノ川の遥か下流、海草郡有功村字六十谷の真谷敬策であった。同時に川上にあたる隅田ノ荘の旧家からの縁談があったが豊乃には不満であった。理由は「紀ノ川添いの嫁入りは、流れに逆ろうてはならんのや」ということであった。豊乃の母は、吉野から九度山村へ嫁いだ。「あんたらのお母さんは大和から嫁入りしてきたんえ」と息子の信貴に説いて聞かせるのである。「大和から嫁入りしてきた」「あんたらのお母さん」というのは、雅貴と花の母・水尾を指している。水尾は花を産むと、産後の肥立ちが悪く早逝した。

花の婚礼は豊乃の意向に沿い、船に乗って紀ノ川を下る。嫁ぎ先の真谷の分家である西出の半田の娘は、岩出の吉井家の分家に嫁いだが、新婚間もなく紀ノ川の氾濫で亡くなった。亡くなったのは、先代の真谷太兵衛とその妻・ヤスの時代の話であった。真谷家の人となった花は、その時、あらためて豊乃の「流れに逆ろうてはならんのや」という言葉を思い出すのである。迷信を信じる豊乃は、一方「嫁にやる相手は家の格ではない、男だ」と言い切る女性でもあった。彼女によって、花の嫁ぎ先は、紀ノ川の下流の敬策が選ばれたのである。

豊乃に関しては、呉敬子氏による次のような分析がある。要点を整理して、以下に紹介する（補注4）。

① 八十歳になる豊乃は、相変わらず天下国家への関心を見せる。『国民之友』『都の花』を毎号取り寄せているので、外国文学にも関心が深い。

② 伝統は伝統として保存すべきものと心得ている。しかし、一方では、新しい学問を修め現代的な感覚で賢明に判断する処世術も心得ている。

③ 江戸の封建社会に生まれ、その時代を四十年以上も生き、男性への服従、また〈家〉に囚われた家霊的存在である。

④ 豊乃が明治維新を迎えたのは五十歳に手の届く頃であり、そのことは彼女にとって大改革であった。男性に隷属して生きた彼女は、これを機に新しい時代の波を気概をもって乗り越えようとした。

以上の分析から、呉敬子氏は有吉佐和子の文学に通底する「古いものと新しいものとの接点は、豊乃において既に試みられている」と結論づけている。そして、「『紀ノ川』の源泉は豊乃である。」とし、「紀ノ川の起流である豊乃は、『紀ノ川』を第三部の若い華子で結ぶべく構想された人と言える。」という卓見を示された。

二節　真谷敬策と、その妻・花の役割

豊乃は、「産後の肥立ちが悪く逝った」花の母・水尾に替わって、孫娘を手塩に掛けて育てた。明治三十年、下火になっていた花の縁談が再燃する。相手は、隅田一族の旧家、もう一つは紀ノ川下流の有功村六十谷の真谷敬策であった。そして、豊乃の希望通りに、紀ノ川の流れに沿った縁談が成立するのである。敬策は東京の専門学校を出て、村長を勤めていた。二十四歳。花は、「十八歳の盛りを過ぎ」て「二十歳」になっていた。それから二年近い歳月を準備に要して、彼女は敬策に嫁ぐのである。花は、一家の繁栄を象徴する市松人形を抱いていた。当然、男児出産の願いが籠められていた。すべてが、祖母の豊乃の意向に沿って、花の運命は流れてゆくのである。

小説「紀ノ川」は明治三十年（一八九七）から昭和三十三年（一九五八）までの、約六十年間の歳月の流れを映す物語である。花は、豊乃の期待に沿って育った。茶の湯は奥儀を極め、書を能くし、箏の免許をとり、言葉遣いも礼儀作法もわきまえた女性として成長した。花は、嫁ぎ先の真谷家が長福院の院号をもつ本家であることに矜持を抱くが、それが彼女の基本的な生き方となっている。結果として、彼女はその家風に根本から溶け込み、夫を支えることに力を尽くす生き方を目指した。政治家としての敬策は、成功し人望を得る。木本主一郎と重なる敬策については、すでに記したので繰り返さない。

作中一度だけ、花は敬策に抗う場面がある。敬策には浩策と名乗る弟がいた。浩策は分家して

近くに住んでいるが、先取の気に富み、旧習には馴染まない皮肉れた人物であった。当然、兄の敬策とは肌が合わない。ある日、分家に対する財産分けについて話題になることがあった。「わしは浩策が思うてるより沢山分けてやるつもりでいる。分家が半田の姓になる習慣も止めようと思うてる。長福院の院号も譲ったろうかと思うてんね」。「ここたしで士族はこの家だけやろ。浩策に士族やって、わしは平民になろかいよ」。

嫁いで日の浅い花にとって、この敬策の言葉は唐突であった。「本家が平民になるというのは、明治三十三年では破天荒の考え方なのだ。格式の中で育った花には想像外だったのである」。花は〈家〉のために生き、そして死ぬのが、豊乃から受け継いだ哲学だった。姑のヤスは、そのような花の生き方を通して、彼女への思いやりに満ちている。このことは、つまり、花の豊乃から受けた庭訓が、真谷の家でも、充分に通用し、受け入れられていることを示している。豊乃が花に託した思いは、満たされているのであった。長福院の院号の譲渡については浩策が断り、山と畑とが真谷家から分割された。（第一部）

花は真谷家の嫁として全力で長男の敬策を支え、母として政一郎、文緒、和美、歌絵、友一の五人の子供を育てた。次女の和美は、昭和二年に大和の旧家楠見家に嫁いだが、翌年の秋に風邪をこじらせ「急に肺炎を併発して」「呆気なく死んだ」。やはり紀ノ川を遡った縁談だった。この年、文緒の次男晋が、夫の赴任先の上海で誕生間もなく他界する。（第二部）

昭和三年二月二十日、真谷敬策が「悠々として衆議院議員に当選した」。この時、夫の晴海英二と上海にいる文緒から「サツキバレ　ココニモニッポンダンシアリ」の電報が届いたのだった。

和彦に続く次男・晋の誕生であった。この時に、「ニッポンダンシ」と記されていたのが晋であった。花は、乳型を作り慈尊院に奉納しなかったからだと反省する。和美の死も、孫の晋の死も、全てが、豊乃の意に背いた結果だったと花は思う。

国会議員となって間もなく、真谷敬策は、東京の止宿先である赤坂溜池の村木屋旅館で倒れた。心臓麻痺による急逝であった。享年六十六歳。敬策の死後、花は十六年間住んだ真砂町の家を払い六十谷に引き揚げる。大阪で銀行員となっている長男の政一郎には、夫敬策のような覇気がなく、また嫁の八重子との間に子供はいない。花の戸惑いは、期待すべき長男のありようとは、全く違う現実にあった。夫と対照的な長男をみるにつけ、花は敬策とともにあった幸せを、思うのである。（第三部）「この世に女と生まれてきたら、ああ頼もしいと思える男に会いたいものだと思い、男と生まれたからには、女から頼もしいと思われるようでなくては生き甲斐がない。」（『新女大学』第十二講、中央公論社、昭和三十五年八月、一四七頁）。花の生き方は、この有吉佐和子の言葉そのままの生涯であった。

三節　文緒の進取性

文緒には和美、歌絵という二人の妹、そして兄の政一郎、友一という弟がいる。長福院《ちょうふくいん》の大嬢《おおいと》さんである彼女の行動は、当時の和歌山の名士の娘の振舞いとしては、世間の人の耳目を疑わせるに充分であった。特に女学校に入ってからの彼女は生徒規則に反した服装をして、男児の如く闊歩する目立った日常を送るようになる。そこへ東京から赴任した田村という若い熱血国語教師が、「自由」や「デモクラシー」について語り、新体詩を読み聞かせ、新時代の気風に目覚めた文緒たちを鼓舞激励したのであった。「良妻賢母」を校風とする和歌山高女は、このような田村先生に辟易し、校長が幾度も譴責し、また彼は先輩教員からも迫害される。そしてついに、田村先生は教職を追われることになったのである。

この事件があり、文緒が中心となってストライキを策動する。結局、このストライキは結束が腰砕けとなり、田村先生は頼りなく東京に帰ってゆく。真谷文緒は、父兄会長をしていた敬策のとりなしで事なきを得たが、この場面で、「紀州女」の気性について説明された箇所があるので引用する。

　紀州女は気は決して弱くはないのだが、何しろ温暖の地で豊かにのんびり育ったもので、激しく他人を憎悪したり闘ったりするのは得てではない。和高女の女学生気質も例外でなく、事が面倒になると「どうでもいい」気を起してしまい、文緒が切歯扼腕《せっしゃくわん》した甲斐もなく、結束は腰が砕けて、田村先生は糸の切れた凧のように頼りなく東京に舞い戻って行ってしまった。

文緒の見せる行動は、両親に対する反発でもあったが、それは主に母親に抗する精神に発している。その感情に激した喜怒の表し方は、花にとって将来を危惧させるものであった。文緒の結婚に際して、花の気持ちが述懐される場面がある。次に引用してみよう。

シャンデリアの輝く下で、白いテーブル掛けは眼に眩しく、しばらく花は二十五年前の自分の嫁入りを回想していた。紀ノ川を船で、それも駕籠にのって六十谷へ嫁入りしたときの、あの宴席とこの宴席の、なんという違いかと思う。花の祖母の意志で纏められた結婚と、文緒の母親の意志が置き忘れられたまま結ばれた縁組──その違いが花の不満であるとすれば、それは寂寥であるのかもしれなかった。この結婚で、花の意志が働いたのは文緒の嫁入り道具の選定と花嫁衣裳以下の着物の誂えだけであったのだから。（第二部）

母親の意志が働かぬ娘の結婚に対して、「不満であるとすれば、それは寂寥であるのかもしれなかった」と、花の内面が説明されている。これより先、見合写真に着た着物の畳み方に対して、二人の確執を生む場面がある。文緒の畳んだ着物を、花が畳み直すのである。

ふと背後を振り返ると、花が畳紙を開いて振袖を畳み直している。文緒は立ち尽しながら、花の優雅な手の運びに、いいようのない憎しみを覚えた。反抗期にある彼女は、自分は親に敵わないのだと考えきめることは我慢がならなかった。唇の端を固く嚙みしめて、文緒は異様に強いまなざしで花を射るように見下していた。

花は娘に対して「寂寥」を覚えたのだが、娘の文緒は母に対して「いいようのない憎しみを覚え」るのであった。花の「寂寥」は自らの不在意識に対する感情であるが、文緒の感じる「憎しみ」とは何だろうか。「自分は親に敵わない」という感情が齎《もたら》した「憎しみ」だとすれば、文緒の「憎しみ」は、まだ花の優位を認めていることになるのではなかろうか。文緒の発揮する「進取性」は、大正期のデモクラシーを受けた昭和初年の気風を感じさせるが、この時点では、豊乃から花に受け継がれた「家」との関わり方や、女性の基本的な生の哲学を乗り越えることは出来ていない。なぜなら、文緒は、この時も、また後にあっても「紀本家」の範疇を超えて行動するほどの女性ではないのである。

文緒は見合結婚を否定し、敬策の先輩で政友会の田崎祐輔夫人の紹介もあったが、銀行員の晴海英二と恋愛結婚をした。英二は晴海家の次男であった。「文緒のような反抗的な嫁と同居しなければならなかったら、姑の方が災難というものなのだ。まして理屈をこね返しそうな人柄とぶつかったら、嫁入り後の騒動は思いやられる。とにかく晴海英二が次男であり、外国為替を扱う正金銀行なら外国生活が多くなろうから、その種の軋轢をさけることができるのが、せめてもの幸せと思わなければならない」という花の気持ちが、姑の立場から説明されている。

文緒のモデルとなった木本秋津は、京都の女子大学へ進学したが、真谷文緒の進学先は東京の女子大学になっている。大正十年に和歌山高女卒業。旧家の束縛から逃れる為に、文緒は和歌山から上京したともいえる。それは、「田村先生」の抱いていた新しい時代を体感することのできる場であったからである。この場合の「旧家」とは、母である花の立ち位置と等質であったに違いない。そして、その文緒の夢はさらに海外へと注がれている。それが、晴海英二との婚姻成立の要因であったのである。文緒は、紀州の旧家真谷と、それを全身で受け止めた花の存在を揺さぶる人物として配置された。「紀ノ川」は「女の三代記」と作者がいう以上に、「旧いもの」と「新しいもの」とが対峙し、そして避けられぬ「軋轢」の上に、将来に予測される不測の世界を描こうとした作品なのである。

この対峙する母と娘について、「大正生まれの文緒は、伝統的価値に対しては反抗的で、封建的価値の化身と見る花には常に叛逆的である。今まで存在してきた古いものの価値を一切否定し、新しいものだけが新鮮に見え、そこに生きがいを見出す文緒だったのである。」と捉えることができる（前掲、呉敬子論文）。しかし、文緒の現実は、呉敬子氏も指摘するように、開戦を経験し、和彦、晋、華子、昭彦の三男一女の母となるに従い、所謂〈新しい女〉は、限定された〈新しい女〉として生きることになったのである。それよりも以前に、上京し学生生活を送る文緒の生活は、親の仕送りによって支えられていたのである。この限りにおいて、文緒は「家」のカテゴリーを超えて〈新しい女〉として、全き生き方をすることは出来なかったのだ。

有吉佐和子が敬愛した岡本かの子の作品の中に「お母さんは余りに自分流のカテゴリーを信じようとしすぎるやうな気がします。だから苦しみ迷ふだろうと思います。」（「母子叙情」『文学界』昭和十二年三月）という息子・規矩男の手紙の一節があるが、文緒の母への反抗は、もっと厳しく母と娘の対立の構造として描かれている。「紀ノ川」の花には、「苦しみ迷ふ」姿は無く、毅然とした女性の生き方が示されているのである。

このように、母に対抗する文緒の唯一の理解者として、敬策の弟（文緒の叔父）浩策がいた。

浩策には、妻のウメとの間に一男一女がいる。

浩策の子供は栄介と美園の二人の兄妹だったが、どうも本家の子供たちに較べて成績がよくない。政一郎も文緒も学校では群を抜いて首席を通したのに、栄介は何時でも学級の中位のところにいた。それを殊の外、浩策が口惜しがっているようである。

兄夫婦の子供たちに較べて成績のよくないのを口惜しがる浩策だったが、文緒は栄介ともよく気が合い、自転車を借りては男児のように乗り回すのだった。叔父の浩策は、東京の大学を出て、あの「田村先生」のように、当時の新知識を身につけていた。花をめぐる浩策と文緒の会話を引用してみよう。文緒が上京する直前の会話である。

「いやあ叔父さん、私《うち》のお母さんのどこが強気やの。およそ出しゃばらんし、お父さんのいいなり放題やないの。今かて、台所でお祖母さんのお歯黒つけてましたわ。あんなこと、唯々諾々してるのン見てたら、ぞっとしてきますわ。私への教育いうたて、お茶やお花や、お箏《こと》や。新時代ちゅうもんはとんと分からへん」

「可怪《おもしゃ》い娘《こお》やな。わしも、おまはんのお母はん大嫌いやが、見方は大分違うでえ。わしらには、わざと姑の鉄漿《かね》つけるところが鼻持ちならん。わざと亭主孝行に見せてるところが鼻もちならん。利口が、わざと古風に振舞うて見せる賢しさが却って嫌らしい」

この後、よく引かれる花に関する人物評が、浩策の口から放たれるのである。「お前はんのお母さんは、それやな。云うてみれば紀ノ川や。悠々と流れよって、見かけは静かで優しゅうて、色も青うて美しい。やけど、水流に添う弱い川は全部自分に包含する気や。そのかわり見込みのある強い川には、全体で流れこむ気魄がある」。「生命力」について述べた後、浩策は、花をこのように批評したのであった。浩策が文緒と意気投合したのは、紀ノ川支流の鳴滝川の存在であった。「鳴滝川のよに、添うと見せて仲々呑まれん細い川もあるんよ。わしらがそれや」。しかし浩策の娘・美園は、後に鳴滝川に溺れて死んだ。大正十四年、十八歳のときであった。浩策と会話をしたときの文緒は、「叔父さん、そやったら私も鳴滝川やの。十八年育てられて、いっこもお母さんの思うように育ってえしません」と発言している。

しかし、戦後、真谷家からの分割財産を糧に生きた浩策も、晴海英二の妻となって子を育てた文緒も、比喩的にいえば、等しく紀ノ川の恩恵を受けて生きたのだった。真谷家は、政治家としての敬策の働きによって、名門としての名を刻んだ。その敬策の死によって、花の「生命力」も萎えてゆく。さらに言えば、花の長男政一郎には、覇気がみられず生活力もなく、作品では真谷の財を食みながら晩年を迎えるのであった。文緒の見た幻想としての〈新しい時代〉の在り方は、第三部の華子によって、象徴的に語られることになる。

四節　華子のまなざしの向こうに

さて、「紀ノ川」第三部に刷り込まれた華子の姿を検証してみようと思う。その冒頭は、六年ぶりで会った祖母の花が、華子を連れて和歌山城の公園を歩く場面から始まる。「若い蓮の葉が一面に浮かんでいる濠の水を見ながら一の橋を渡る」。すると、そこからが城郭の内側である。天守閣が急に見えなくなり、楠の大木が若芽を吹き出していた。華子は、公園に咲いている桃林を見ながら、珍しそうに「おばあさま、こっちのが桜の花なの？」と聞くのであった。「腺病質の華子の白い顔」が、その桃の花を見上げていた。

華子は九歳になっていた。花は、孫の華子の手を握りしめながら、「急に不憫を覚え」たのであった。「日本であらゆるものに反撥していた」文緒の娘は、常夏の国で「桜の花と桃の花の識別もできぬ少女に」育っていたのだ。この時、花は孫娘の華子に、娘の文緒を見た。「日本のあらゆるものに反撥していた娘は、その子供を常夏の国で育てて完全に古い日本と絶縁させるつもりだったのだろうか――」。

文緒の趣味で華子は十歳過ぎまで、洋服以外を着たことがなかった。次男友一の結婚式の折に、花は東京の文緒の家族と過ごした。晴海英二とその家族は、戦争の激しくなる直前に帰国し、東京に居を構えていたのだった。その時に、花が日本橋の三越百貨店で買い与えた美しい反物を、華子は抱きしめて離さない。このような孫娘の姿に、花は娘の文緒とは違う一面を発見する。華子の、美しい反物への憧れは、和歌山城で見た桜の花への失望の裏返しとして理解できる。花に教えられて見た桜の花への印象が、次のように記されていた。

日本を遠く離れて、父母の口から、また絵本や日本人小学校の先生たちから得た知識によれば、日本の国体を象徴する桜の花はもっと美しさが強烈なものでなければならなかった。熱帯の花を見慣れた華子の眼には、早咲きの白っぽい桜の花は何か弱々しく映って納得がいきかねるようだった。

一方、桜の花に失望した華子には、紀ノ川の美しさが印象に残った。「バタビア市を流れる川の色は煉瓦色をしていたのだ。華子は川の色の青さに新鮮な感動を覚えているようだった」。戦時下、文緒の娘・華子と三男の昭彦とは花のいる六十谷に疎開する。巷では「本土決戦、一億玉砕」が叫ばれていた。

戦後、華子は再び上京、母の母校である東京女子大学英文科に進学する。苦学生であったが、祖母の花への思いは格別であった。戦後の貧しい生活の中で、あの反物が食糧に代わる。華子には耐えられないことであった。華子は、心の中で祖母の花を呼び続けた。華子は思慮深く、情の濃やかな優しい少女である。「疎開して花に親しんだ孫の中で、筆忠実《ふでまめ》に便りをよこすのは、華子ひとりだけ」であった。その華子の意思が、花への手紙に吐露されている。「おばあさま。お元気でいらっしゃいますか。東京の小さな家で、貧しさの中で、思い出す和歌山の生活がどうしてこうも懐かしいのかとおたよりを差上げようとする度にいつも華子は考えてしまいます。」で始まる長文の手紙である。その要点を引用しながら、当時の華子の基本的な思考の在り方を確認したいと思う。

戦争と敗戦という大変な最中で、六十谷でも食べるものに不自由していたのに、そして私は学徒報国隊と焼け跡整理と甘藷作り――何一つ青春をたのしんだ覚えはないですのに、どうしてか和歌山が懐かしくてならないのです。生れ故郷だからなのでしょうか。戦後の東京と同じように、生活の苦しかった六十谷が都会と違って緑に恵まれていることが、理由なのだろうかと思います。

華子の和歌山に対する思いは、「生れ故郷」であると同時に、都会（＝東京）と違い「緑に恵まれている」点にあることが述べられている。この美意識は、バタビアの川の色（＝煉瓦色）と対置する「紀ノ川」の色に通じるものである。さらに、手紙には次のようにある。

六十谷の生活で、華子が一番幸福だったのは、おばあさまといるときでした。（略）おばあさまといて幸福だった華子は、でもおばあさまに郷愁を感じる筈はなかった。それは、あなたがあまりにも真谷の家のひとだからです。ママがいつもいっているように。／でも、華子はママのように「家」というものには反撥はしません。ママが反撥したおかげで、「家」は華子の頭の上に決してのしかかってくる心配がありませんから。

華子は祖母には「郷愁」を感じない。なぜならば、祖母は「あまりにも真谷家のひとだから」である。華子は「家」には「郷愁」を覚えない少女であった。しかし、母のおかげで「反撥」することがない少女に育っている。また、「家」の重みを感じることもなかった。そして、母に抗した文緒の娘として、華子は「隔世遺伝」の語を思い浮かべるのである。そのことは、華子が、自身の性格が、祖母のそれに近いことを自覚したことを物語っている。さらに、手紙の文面は次のように続く。

御存知のように、華子はママの母校である東京女子大学に通っています。同じ英文科に入りながら、多分ママとはひどく違う表情で辞書をひいているのだろうと思います。なにしろ華子は昔でいえば苦学生ですからね。パパの亡くなったあと、華子は奨学金とアルバイトで学費の他に着るものまで賄っているんですから。

ここでは、母の文緒との違いが述べられている。文緒については「ママがときどき、昔の自分は親の仕送りを受けながら親に反抗していたと、後悔めいて述懐する」と説明されている。学生生活の過ごし方を通じて、華子は母との違いを自覚している。そのことがまた、華子が、祖母への親近感を抱く要因にもなっていようし、花は、そのような孫を愛おしいと思うのは当然であった。華子は、英文学を通じて、T・S・エリオットの著作に出会う。手紙には、次のようにある。

「我々は伝統という言葉を否定的な意味でしか使うことができない」伝統というのは、どんなものなのか私には怖ろしくてよく分りませんけれども、前のものを否定し、つぎのものがまたそれを否定するという形でのみ伝えられるというエリオットの考え方から、私は何か精神的に会得するものがありました（補注5）。

華子はエリオットの「伝統」観について、「何か精神的に会得するものが」あるという。それは彼女の手紙の次の一節に、具体的に窺うことができる。「おばあさまからママへ、ママから私へ、やっぱり『家』の心は流れているのだなあ、と華子は思いました」。「前のものを否定し」ながら「心は流れている」という実感は、華子の母、そして祖母、さらに「私」を通じて「会得」したエリオットの哲学理解だった。その発見は「紀ノ川」を超えて、物語の大きな主題となり、その後の有吉佐和子の文学を紡いでいくことになる。

華子はいつの日か華子が人妻となって産んだ女の子が、今度はどんな形で華子に反撥するのか。どんな好意的な微笑を浮べて華子のママに親愛の情をしめすか――そんなことを想像して娯しんでいるんです。そうすると、昔も人間が生きていたように、これから人間が生きることも、いいことなのだと思えてきて、今は苦しい生活ですが明日を見て生きようという気になれて……。

華子は、花に触れて、エリオットの「伝統」観を、自己流に解釈した。そして、将来を「生きようという気になれ」たのである。華子の心情を「紀ノ川」第三部に書き込んだ有吉佐和子は、昭和三十七年（一九六二）三月二十七日、神彰と結婚。翌年一月十六日に女児を出産した。三十二歳の時であった。みずからが作品で予言したことが、現実となったのである。華子のまなざしの向こうに見えていた世界が、その後どのように展開するのだろうか。そのことを考えるために、今少し、作家としての彼女の周辺を探索する必要がある。

Ⅲ章　長編「紀ノ川」に吸収された短編小説「死んだ家」

一節　花代の晩年

短編小説「死んだ家」（『文学界』昭和三十三年五月）は、「紀ノ川」第三部のストーリーとほぼ重なっている。花代は、代議士久瀬大輔の未亡人である。病床に伏せる花代の場面から物語は始まる。その冒頭部分を引用してみよう。

花代が中風の発作で倒れ、半身不随になったという報らせを受けたとき、子供たちは誰も一様に、今度こそもう駄目であろうと心密かに思っていた。

花代は代議士の久瀬大輔を支えて生涯を送った。「久瀬大輔と云えば、関西で育った人間なら誰でも一度はその名を耳にしたことがある政治家であった」。「今度こそもう駄目であろう」というのは、花代の病気は、もう十年来のものであり、「年に一度は必ず大病に罹って、その都度我儘な彼女は死期迫ったとばかりに騒ぎ立て」るからである。「眷属たちは、その都度大仰に久瀬家に集って、一門に列する喜びを頒ちあっていた」と作品にはある。

　久瀬家に集まった眷属たちの話のタネは、花代の亡父の最盛期の思い出話であった。久瀬大輔の「晩年は主として政友会の黒幕的な存在であった」。物語は、死期の近い花代を巡る「眷属たち」の動向が久瀬家の財産の有無や、今後の「家」の存続を話題としながら展開されるのである。花代には、禎輔、敬二という二人の息子と、政代、安代という二人の娘がいる。次男の敬二は、妻の幸子とともに久瀬家からは独立して近在に住んでいる。長女の政代は「久瀬大輔の最盛期、旧家というものに私は反逆するのだと」「啖呵を切って」、「東京の女専在学中に知り合った学生との恋愛を遂行するために家出をした」のであった。その娘が紀美子である。次女の安代は、阿波の鳴門の大地主に嫁いでいる。

　作品冒頭に描かれる「眷属たち」とは、このような人たちを指している。中に、久瀬家の老女中・村野が、一際冷静に、死にゆく「家」の推移を見守る存在として置かれている。このように、短編小説「死んだ家」は、まず旧家の置かれた戦後の現実を描写する。しかしながら作品のトーンは、花代の枕辺で孫の紀美子が増鏡を読んで聞かせる場面に力点が置かれている。長男の禎輔は妻に先立たれて、五十二歳の今は独身で子供はいない。高学歴だが定職には就かず、家の遺産を糧にして生活する所謂「高等遊民」なのである。眷属たちの話を総合すれば、花代の死後は、長男の禎輔が相続することになるが、その将来の道筋が見えてこないのである。「死んだ家」とは、まさに過去の栄光を榾火《ほたび》として、潰えざるを得ない運命を示唆しているのだ。

二節　紀美子の存在

紀美子は久瀬大輔の長女・政代の娘である。母に代わって祖母を見舞う為に、和歌山の実家に帰省する。そこには、花代亡き後の財産の処理を話し合っている「眷属たち」がいた。

「ご免下さい」何度目かの大声に、ようやく安代が気付いて腰を上げた。若い女の声に、誰も特別の注意を払わない中で、彼女だけは東京弁を耳敏く覚って、不審に思ったのである。恰度、下の手洗いから出てきた禎輔も顔を出した。「どなた？」逆光に、すぐには客の顔が見えなかった。白いワンピースの肩から伸びた若い腕と、その手が下げた赤い鞄に、問いかけると、「私、紀美子ですけれど」明るい声が答えた。

「ハハキトク、テイスケ」の電報を受取った政代は、「ママは行かない」と平然と答え、代わりに紀美子が祖母を見舞ったのである。その理由は「看病は去年したんだもの。死ぬのをわざわざ見に行きたくないから」というものだった。「死んだ家」では、この時初めて花代の孫・紀美子が登場する。少し先走るが「紀ノ川」第三部に、次のような場面がある。

「こんにちは、華子です」

大声で叫んだ。奥の間で人々のざわついている気配がある。

「ご免ください」

もう一度声をかけると歌絵が出てきた。

「華ちゃんやないの」

にこりとしたが、すぐに質問した。

「姉さんは？　華ちゃん、ママと一緒やなかったの？」

「いいえ。ママは来ないんです」

「まあ姉さんの、意地張りな。この前にもプイと帰ってしもうて。私ら呆っ気にとられてたんよ」

「おばあさま如何です」


このように「紀ノ川」では、紀美子が華子に、また政代は文緒に名前が変っている。そして、花代は花と改められた。この時、真谷家を訪れた華子に応対した歌絵は、「死んだ家」では安代である。華子が見た母文緒の実家真谷家は、次のように描写されている。

文緒が荒れはてていたといった家の中は、畳が新しく、近頃になって生活に金をかけ始めたような生ま生ましい富貴さが、古い天井の下の採光の十分でない暗い家の中に漲っているようだった。

花は、みずからの死期を悟り、内土蔵の道具類を現金に換えて、家の傷みを修繕し、客用の蒲団や座蒲団を新調したのだった。長男の政一郎は妻を亡くし、銀行勤めを辞して六十谷の家に戻っていた。真谷家では、政一郎と花と老女中の市の三人暮らしの生活であった。「そろそろ六十歳に手の届くようになって、旧家の矜持を思い出したのか働くことは止めた様子である。」と政一郎のことが説明されている。「紀ノ川」では、禎輔は政一郎に、先代の大輔は真谷敬策として、その財政界に名を馳せる栄達の様子が克明に描かれるのである。

三節　通底する主題と、その反転　——二つの作品の描かれ方——

旧家について、政代は意識的に分析するが、紀美子はそれに対して「ぼんやりと、ただ面白く思うばかりで」あった。紀美子にとって、旧家は「直接に関係のない世界」だったのである。政代は旧家を、次のように分析する。それは、定職を持たずにいる禎輔の存在に触れて語られている。例えば、次のような一節がある。

政代に云わせると「兄さんは、謂わば旧家の亡霊みたいなものよ」この地方に、豪族として栄え、後には大地主となり、代々の庄屋を務め、将軍家の血縁を嫁に迎えたこともあるという家柄の誇りが、それに相応しい経済力あるいは権威というものを失った今、栄養不良の状態で現れ出ているというのだった。

禎輔は「旧家の亡霊」であり、それは「栄養不良の状態」で現出しているという。それは、禎輔の「今」を指しながら、政代の旧家に対する冷めた観察の仕方でもあった。娘の紀美子はそのような母の見方に「ただ面白く思うばかり」だったという。「旧家」の概念を示す、そのような二人の差異に、すでに政代と紀美子の世界観の差が見られる。そして、政代は「紀ノ川」の文緒として、紀美子は華子としてそのまま登場したのだ。

「死んだ家」の後半で、紀美子は祖母の花代に増鏡を読んで聞かせる。読みながら、その紀美子の心中が、次のように描写されている。

ふと見ると、花代は皺の中で小さな眼を開いていた。鈍い電燈を受けて、瞬きをしているわけでもないのにチラチラと輝いている。／この人の血が、私にも流れていると思うと不思議だった。が、ふとそう気がつくと、紀美子の軀の中に、久瀬家の執念が、どくどくと注ぎこまれてくるのを感じた。読んでいる増鏡に、意味を汲む余裕はなかった。何千年の間に何億人の人々の信仰を堆積している仏に向って、経を誦する僧の心理はこうもあろうかと思うようだった。増鏡を祖母に最後の孝行として読んでいるとは、もう紀美子は思わなかった。花代を通して、死んだ家に何百年生きていた人々の黝ずんだ生命を受取るために、やるべきことはこれだけだと紀美子は憑かれて読み続けた。

ここでは、紀美子の増鏡を読む行為は、すでに祖母への孝行としての行為を超えて、みずからの主体性の確保の為であることが説明されている。その行為は「家」に継承される「生命を受取るため」であった。「死んだ家」からの蘇生。それを紀美子は、増鏡を読むことによって、やがて実現させるのではないか――そのような予感を読者に感じさせる。「紀ノ川」には、この紀美子の増鏡を読む場面が、そっくり華子に受け継がれている。そして、「紀ノ川」末尾には、次のような華子の心象風景が置かれている。それは、和歌山城の天守閣から、望遠鏡を通して紀ノ川の河口を遠望する場面である。

おびただしく景観をそこなわれて落胆した華子は、望遠鏡から目を放すと、急に煙突の林は遠くなって、その向うに海が展けて見えた。

「ああ」

救われたような吐息をついたとき、望遠鏡がガチャンと音をたてた。時計仕掛のレンズの蓋が閉ったのである。華子はそこを離れると、茫洋として謎ありげな海――波が陽光を弄ぶのか、見る間に色の様々を変えて見せる海を、いつまでも眺めていた。

念のために、両作品を比較すると、その結末は同じではない。「死んだ家」では、紀美子が花代の枕辺で増鏡を読み、みずからの体内に久瀬家の女たちの血流が注ぎこまれるのを自覚するところで終わる。だが、「紀ノ川」では、華子が「茫洋として謎ありげな海」を展望して終わるのである。現実の荒廃した戦後の風景は、望遠鏡の音とともに閉められる。華子の中で、敬策を支えた花を最後に、真谷の家は潰えたのである。「死んだ家」では、「旧家」の終わりを客体化した紀美子が描かれていた。その紀美子の内面を引き継ぎ、華子は、みずからの胎内に湧出する、これからの世界を予測する。「紀ノ川」では、華子のこれからを予測させて、物語は終わるのである。

四節　「紀ノ川」はなぜ書かれたのか

短編小説「死んだ家」が「紀ノ川」の原型であることを初めて指摘したのは、恩田雅和「和歌山──『死んだ家』」（『有吉佐和子の世界』翰林書房、平成十六年十月）であった。恩田氏は、当時の有吉佐和子は、「地唄」（『文学界』昭和三十一年一月）で文壇に認められ、以来「いわゆる商業雑誌に旺盛に小説を発表していた」時期に、「死んだ家」が書かれていたと前置きをする。出版各社は、売れ筋のいい有吉作品をすぐにでも出版したかったに違いない。しかし、「死んだ家」がいずれの作品集にも収録されなかった理由について、作者の「意思が働いたのか。あるいは、読者にはうかがい知れない作者の何らかの意図があったのだろうか。」と問題提起をした。そして、次のように記している。

「紀ノ川」が書き出されたのは、一九五九年一月の『婦人画報』である。つまり、「死んだ家」

が発表された八か月の後である。人物名や細部に若干の違いはあるが、「死んだ家」は、「紀ノ川」の終末部分と全く同じで、その原型といってもよい。

すでに確認したように、孫娘（両作品では名前が違うが）が祖母の枕辺で増鏡を朗読する場面があり、読みながらみずからの体内に旧家の血脈が流れ込むのを自覚する点は、確かに同じである。だが、前節に触れたように、両作品の終末部分は「全く同じ」ではない。「紀ノ川」の華子は、紀美子よりも遥かに遠くの世界を眺めている。その差異に読者は注意を払わなければならないと思われる。

華子の眺めた向こうには「海が展けて見えた。」とある。望遠鏡を外してみた彼女の肉眼には、「旧家」から解き放たれた世界が予知されたのである。だからこそ華子は、「ああ」と「救われたような吐息をついた」のではなかったのか。「色の様々を変えて見せる海」は華子の将来を約束する世界として示唆されている。紀美子から華子へと受け継がれた内面世界は、明らかに揺らめく「陽光」とともに、希望をもたらすものであった。

紀美子から華子へ、そして未来へ。それを語るためには、潰えた「旧家」の血流の淵源を探る作業が必然であった。それは、今、ここに在る彼女自身の濫觴を捉えることであり、「紀ノ川」一篇は、そのために書かれたのではなかったか。しかし一方、その作品はまた、作家・有吉佐和子に重い宿題を課すことにもなる。亀井勝一郎が「この作品によって逆に作者は決定され、ここに描かれたものの亡霊を背負うこと」（角川文庫『紀ノ川』昭和三十八年八月、「解説」三〇四頁）になったと指摘するのは、そのような意味であると私は思う。

有吉佐和子自身もまた、「家が亡びても人は生き続ける。いずれはそれを主題として、私は『紀ノ川・第四部』を書かなければならないだろう。」（「舞台再訪　私の小説から―紀ノ川」『朝日新聞』昭和四十一年十月二十七日）と記している。それは、今後、華子の視点で書き継がれてゆく種々の作品の片鱗となって読者に提示された。「紀ノ川」に最も近い作品「助左衛門四代記」（『文学界』昭和三十七年一月～翌年六月）も、華子の血の源流を遡行する試みであり、単なる「家系小説」ではなかったのである。

Ⅳ章　華子の立ち位置　――歌舞伎・舞踊との関わり――

有吉佐和子が、みずからの青春期を振り返り、作家として出発するまでの経緯を記す文章がある。「わが文学の揺籃期　偶然からの出発」（『新潮日本文学57　有吉佐和子集』新潮社、昭和四十三年十一月、『月報3』）である。大学卒業後、入社した出版社に同人誌『白痴群』の仲間が居り、その一人に作家になることを勧められたのであった。生まれて初めて書いた作品が、同人誌始まって以来初めて大手新聞の「同人誌批評」に採り上げられた。激賞したのは高山毅であった。以下、次のような文章がある。

私はびっくりし、その後、音をたてて変っていく私の周辺に驚きながら書き続け、ある日ふと自分はどうなるのだろうかと立止った。その時点で「紀ノ川」を書いた。文字通り背水の陣であった。

有吉佐和子が大学卒業後に入社した出版社とは、利倉幸一が編集長を務める『演劇界』であり、『白痴群』に初めて書いた作品が中国題材の「落陽の賦」（同誌第六号、昭和二十九年四月）であることはよく知られている。また、戦時下に父の赴任先のバタビアから帰国し、東京女子大学英文科に入学した藤堂歩見子が、演劇に接近する様子は未完小説「終らぬ夏　第二部」（『文学界』昭和四十四年十一月〜翌四十五年七月）に描かれており、ほぼ有吉佐和子自身の事跡と一致する。小説では、藤堂洋一郎が妻と一人娘の歩見子を同行して、正金銀行バタビア支店長に赴任したのが昭和十一年、戦争が激しくなって一家は帰国する。歩見子が大学に入学するのが昭和二十四年四月、有吉佐和子も全く同じ経緯を歩んでいる。

すでに見てきたように、歌舞伎や舞踊は、憧れの故国日本に帰国した有吉佐和子の、心の空洞を埋める世界だった。戦後に見た日本の現実の風景は、彼女の描く「日本」のそれとは、あまりにもかけ離れたものだったのである。当時の『演劇界』編集長で劇評家の利倉幸一に見込まれ、同誌にインタビュー記事を連載することになるが、それは、昭和二十七年から同三十年まで続いた。満二十五歳の彼女は、すでに小説「地唄」が昭和三十一年上半期芥川賞候補として『文藝春秋』に紹介され、舞踊劇「綾の鼓」が新橋演舞場において、中村鴈治郎、扇雀によって上演された。

先の藤堂歩見子は、「紀ノ川」の華子となって登場する。歌舞伎や舞踊に象徴される日本の「伝統」をみつめる歩見子の眼は、有吉佐和子が訪問記「歌舞伎の話を訊く」（『演劇界』昭和二十七年七月〜翌年十月に連載）等で培ったものである。「家」の「伝統」を観察する眼は、日本の伝統芸能を見る視点と重なっていた。そこに、華子の立ち位置を認めることができるように思われる。「伝統」は「否定」されるものではなく、新しい意味を賦与されるものとして考えられているからである。

有吉佐和子は、「紀ノ川」を書き上げた後、ロックフェラー財団の招きでアメリカに留学する。昭和三十四年十一月に渡米、ニューヨークにあるサラ・ローレンス・カレッジに留学した。歌舞伎や演劇の研究が目的だったが、「筆を止めて何も書かずにいた一年間」が、作家になるという決意に繋がったという。そして、翌年八月には、アメリカからローマに向けて出発、朝日新聞の特派員としてローマオリンピックを取材、その後欧州、中近東を経て十一月十六日に帰国している。ロンドンでは尊敬するクリストファー・フライの門を叩き、二週間も通いつめたのであった（前掲『月報3』）。

このアメリカへの留学は、すでに指摘されているように（補注6）、若くして流行作家になった彼女が、みずからを見つめ直す機会となっただろうし、また海外からみた日本の歌舞伎等の現状を観察する機会ともなった。その様子の一端は、例えば当時コロンビア大学准教授のドナルド・キーン氏との対談「渡米歌舞伎あれこれ」（『朝日新聞』昭和三十五年三月十七日、夕刊）、『夕鶴』のことなど―アメリカ通信」（『演劇界』昭和三十五年三月）等で窺い知ることができる。

また、昭和二十九年六月には、アメリカ公演を終えて帰国した舞踊家・吾妻徳穂を取材、それを機会として、翌月には徳穂の主催するアヅマカブキ第二回アメリカ公演の秘書（兼連絡係）となった。以来、二人の親密で信頼に支えられた交流が続くようになる。吾妻徳穂は、その出会い当時を次のように記している。

第一回アヅマカブキをすませ、帰国いたしましたのは昭和二十九年の六月でしたが、帰国後間もなく、ニューヨークで見てまいりましたダンス教室のシステムをとりいれた、吾妻舞踊教室を福吉町に開講いたしました。／まあ、アヅマカブキで話題になっていた時期でもありましたので、そのお教室は生徒も大勢集まりまして、かなりの盛況でございました。／ところが、翌三十年には、第一回目の折り《（マヽ）》にヒューロック氏（米国の興行師）と契約いたしました公演のために出発することになっておりましたので、留守中、教室の経営に当たってくれる適当な方はないものかと、心当たりに声をかけておきました。／すると、知人だったロン・バリーというイタリアの方から、内村直也さんを通じて知っている有能なお嬢さんがいるから一度会ってみては、とお話があり、宅へお越し願って初めてお会いしたのが、まだ大学を出て間もなくの有吉佐和子さんでした。／おカッパのような髪型で、当時としては、かなり背の高いお嬢さんでした。／以前から、古典芸能に興味がおありだったようで、演劇界という雑誌社などにも出入りしていられたようでした。

（『踊って躍って八十年　―思い出の交遊記―』読売新聞社、昭和六十三年十一月、一〇七頁）

以下、その後の吾妻徳穂のアメリカでの生活や帰国、また、その間の有吉佐和子との交流が綴られているが、省略する。ただ、その文中には「昭和三十八年十一月、歌舞伎座における『菊山彦』、これが私のために書き下ろしてくださった、『菊女房』につぐ第二作目だった」（一一二頁）という回顧があり、また「有吉さん、あなたのお作『赤猪子』『藤戸の浦』は、流儀の宝として、吾妻流あるかぎり、伝えてまいるつもりです。」（一二八頁）と記された箇所等は、二人の絆の強さを示すだけでなく、日本芸能史を語る証言の一齣として記憶されねばならないであろうと思われる。

昭和五十九年八月三十日朝、有吉佐和子は心不全により急逝する。その報に接した吾妻徳穂は、予定されていた「をどり座」の記者会見を終えて、まだ病院から遺体の戻らない有吉家に急いだ。表は報道カメラマンでいっぱいだったが、佐和子の母・秋津のはからいで書斎になっていた二階に通され、そこで佐和子の生前の想い出の品々を眺めながら感慨にふけるのであった。彼女の遺体が帰った後、母・秋津に「身ごしらえ」を頼まれて、その顔に化粧を施したのは徳穂だった。「せめてお化粧をと思っても、あの人は普段まるでお化粧というものをしない人なので、お化粧道具がないのです。娘の玉青ちゃんは、その時ロンドンでしたから、口紅の一本もない始末。そこでハンドバックから、私の紅やコンパクトを出していたしました。」（吾妻徳穂・前掲書、一二七頁〜一二八頁）

この頃、ごった返す家の外には、東京に来ていた梅原猛もいた。梅原の追悼文「有吉さんを偲ぶ」（補注7）には、有吉佐和子の執筆態度や姿勢、また有吉文学の繊細な特色が指摘されている。この両者を結び付けた要因としては、有吉佐和子は梅原の作品に「作家の書く文章」を認め、梅原猛は彼女の「学者的素質」を認めたことを指摘することができる。

梅原猛の追悼文「有吉さんを偲ぶ」には、次のような一節がある。

有吉さんは、人もいうように気の強い所があり、京都へ来られても、東京の文壇についていろいろ批判された。彼女から見ると、多くの仲間は、学問がなく、怠け者に見えたのであろう。しかし、この有吉さんも京都の学者に対しては、大へんやさしかった。学者というものは、自分たちと種類のちがった人種と思っているせいか、貝塚先生始め、多くの先生方に、強い尊敬を以て接し、また京都の学者も、彼女に対して親切であった。

梅原猛は、ある時、みずからが主催した茶席開きに有吉佐和子を招いた。その時、吉川幸次郎、桑原武夫、貝塚茂樹らが同席した。そして、その芳名録のはじめに書かれた有吉の「鶏頭狗肉」という言葉を、今も大切にしているという。梅原猛が、彼女ともっとも頻繁に交際したのは「恍惚の人」（昭和四十七年）が出版され、また「複合汚染」の新聞連載が始まった昭和四十九年のころであった。梅原は、彼女に「複合汚染」を展開させた文明論を発展させるように忠告したが、その頃の彼女の関心は、小野小町や和宮に移っていたようであると、追悼文には記されている。

有吉佐和子が急逝した翌年、一周忌を前に記念碑が建てられた。場所は、東京堀之内妙法寺境内、そこは生前の彼女が、執筆に疲れるとよく散歩した場所だ。石塔には「有吉佐和子之碑」の七文字が刻まれている。碑文は、有吉佐和子の幼少時の漢文の先生である花崎采琰《はなざきさいえん》の手になる（補注8）。この碑の建立に関しては、吾妻徳穂が次のように説明している。

有吉さんの一周忌を前に、生前有吉さんとお親しかった竹本越路大夫、杉村春子さん、山田五十鈴さんを発起人にかたらい、堀の内のお祖師さまに、有吉さんを偲ぶ碑を建立いたしました。そしてご命日の八月三十日には、門弟たちを引き連れまして踊りの奉納をさせていただくことにいたしております。／ところで、あのお母さまも六十三年五月、有吉さんのもとへ旅発たれました。（吾妻徳穂・前掲書、一二八頁）

愛娘佐和子を側面から支えた母の秋津は、昭和六十三年五月十日、東京中野総合病院で亡くなった。満八十三歳だった。有吉佐和子の死後、祖母とともに過ごした娘の玉青は、「私は祖母とべったりとすごしました。」「母の前では背伸びをしたり、いいところを見せなければならないときもありましたが、祖母には、ひとつ間をおいた気安さとでも言えばよいでしょうか、ありのままの自分を見せることができました。」と記している（『ソボちゃん』前掲書、一三八頁）。「紀ノ川」の華子のいう「隔世遺伝」は、秋津から玉青へと継承されるのであろうか。歴史の必然を、読者の私たちが見守るのも、秘かな楽しみである。

終章　物語の詩と真実

みずからをモデルとした「紀ノ川」第三部の華子には、有吉佐和子のその後が合わせ鏡のように映し出されている。豊乃から花へ、そして華子へ。華子の言葉を通して「隔世遺伝」と表現される「家」の血脈は、己の体内に流れ込む。その自覚こそが、いや自覚するためにこそ、小説「紀ノ川」は書かれたのだ。

ところで、「ああ十年！」（前出）に次のような一節がある。

結婚する前と以後とで、私の書くものに現れた変化というものは今のところ別にない。しかし、「紀ノ川」や「助左衛門四代記」のような家系小説と呼ばれるものに対して、私は自分が結婚生活を体験して、終止符を打ったと云えると思っている。この二つの小説は、「家」について、それを守り受け継ぐことを讃美しつつ歴史の流れから逃れずに崩壊を見守るという形で、どちらも自己没入できたものではあったが、現在の私は、もはや蒼古な家の美に酔うよりも、それを自ら破壊する側に立とうとしている。

ここで、有吉佐和子が「紀ノ川」「助左衛門四代記」の執筆後、結婚生活を体験して、このような「家系小説」には「終止符を打った」と記している点に注目したい。一般に言われる〈紀州物〉には、他に「香華」（昭和三十六年）「華岡青洲の妻」（昭和四十一年）、また「紀ノ川」の後に書かれた「有田川」（昭和三十八年）「日高川」（昭和四十年）等がある。しかし、「紀ノ川」「助左衛門四代記」を除くそれらの作品は、ある意味では有吉佐和子の副産物なのである。

もちろん彼女の初期を代表するそれらの作品群を貶めていうのではない。先の二作には、佐和子の祖母・みよのがモデルとして用いられ、〈虚〉と〈実〉とが綾織りとなって作品世界を構築する。そこに、物語の詩と真実とが書き込まれた点である。その意味は、この二作には、創作とともに、有吉佐和子の覚える血脈の源泉と広がりとが書き込まれており、作中人物の、特に花の生き方の検証を通して、その後の作家としての、あるいは彼女自身の生き方の指標を獲得することが出来たということである。

そして、この「蒼古な家の美」を「破壊」し、毅然として生きる決意をしたのが長編「香華」（『婦人公論』昭和三十六年一月～翌年十二月）の須永朋子だったのである。朋子は母の郁代との確執の中で、悲しく、しかし逞しく成長する。この作品では、ついに「家」は、この二人を受け入れることなく物語は終わっている。「紀ノ川」の華子の生き方は、様々に姿を変え、「有田川」「日高川」へと書き込まれた。あるいは、華子の眺める景色の様々が、その後の多様な世界を紡ぎ始めたといったほうがよいかも知れない。かつて『演劇界』を基盤として培った演劇・芸能への眼が、「エトランゼの眼」と重なり、その後の有吉佐和子の世界を構築してゆくのである。

小説「紀ノ川」における最も大きな虚構は、花の実家が九度山の紀本家に設定されたことである。その意味は、すでに検証したように、紀ノ川の源流が高野山の麓にあり、そこが物語の発祥に相応しい地であったからに外ならぬ。この物語は、紀ノ川の流れとともにあり、比喩的にいえばその末流である華子は、九度山の豊乃の生を受けた人物でなくてはならない。実際には、花のモデルは、和歌山市の木本家に近い海草郡木ノ本村の高橋ミヨノであった。両家はもともと縁戚関係にある。この点については、「紀ノ川」と双生児的な関係にある小説「助左衛門四代記」(『文学界』昭和三十七年一月〜翌年六月)について触れなければならない。後者は、いわば真谷家の係累を探る営みでもあった。

さて、「助左衛門四代記」は垣内家四代の歴史が、六代目の当主垣内二郎の語り(昭和三十七年述)で展開される長編の物語である。巡礼の連れた白犬を殺してしまった垣内家は、その呪いを受けて、代々の長男が不慮の事故で他界する。長男の名は、助右衛門という。その長男の後を受けて、紀州木ノ本の名門垣内家の家系を、営々と二五〇年にわたり守り続けたのが助左衛門であった。

この垣内家のモデルが、高橋家であることはすでに記したが、「海部《あま》郡木本村高橋家文書目録」(平成十一年三月、和歌山県立文書館編)によれば、「垣内家」は有吉佐和子の創作ではなく、高橋家は安政年間には実際「垣内」姓を名乗っていたとある。有吉佐和子は高橋克己の末弟である高橋進からの聞き書きを基に物語を仕上げたとされる。高橋克己は周知のように、大正十一年(一九二二)に鈴木梅太郎の研究室(理化学研究所)に入り、翌年ビタミンAの抽出に成功した。

彼は、高橋三郎の長男であり（阪上義和著『郷土歴史人物事典　和歌山』第一法規出版、昭和五十四年十月、一四三頁）、「助左衛門四代記」に付された系図によれば、この高橋三郎が垣内信吾であり、四代目助左衛門と八重の嫡子である。そして、作中の三鶴が、高橋三郎の妹でミヨノであることが判明する。すなわち花のモデルと同一人物である。そして、「高橋克己の末弟」は「助左衛門四代記」では陸吉と名付けられたが、克己だけが、実名で登場している。

小説「紀ノ川」と「助左衛門四代記」とは、有吉佐和子の中で〈虚〉と〈実〉とが融合した幸福な作品世界を構築した。それは、創作を通して、作家の体内に注ぎこまれる血流の心音を確かめることが出来たという意味である。有吉佐和子の作家としての決意が、この二作によって固まったと言えるだろう。いま一度、「舞台再訪　私の小説から―紀ノ川」（昭和四十一年十月二十七日、『朝日新聞』前掲）の一節を引用する。

『紀ノ川』を書くとき、ひそかにモデルとした家では、この春に老主を失った。荒れ果てた邸の中で、老女中がただ一人まるで死の影におびえたような表情で暮していた。旧家の終焉もまた処理のむずかしさでは、河川浄化作業と変ることがない。家はもう昔の面影を少しも止めていないのに、家から巣立った人間はあちこちで生き続けていて、事があるといかにも大儀そうに集ってくる。それで問題は少しも解決されずに、いよいよややこしくなってしまう。紀ノ川に昔の青さが失われても水は流れ続けて行くように、家が亡びても人は生き続ける。いずれそれを主題として、私は『紀ノ川・第四部』を書かなければならないだろう。

引用文中の「ひそかにモデルとした家」とは、言うまでもなく和歌山市の木本家である。九度山の「紀本家」のモデルとなった「岡家」ではない。なぜなら、岡家は今も健在である。筆者が訪ねた令和二年の三月、前庭の桃の花が盛りであり、周辺の畑からは柿農家としての雰囲気が漂っていたからである。「紀ノ川」に登場する「老主」とは花の長男政一郎であり、ここに記された「老女中」とは、作品に登場する市であり、花よりは「十年歳下」とある。「もう七十歳になって腰がかがんできていた。」と市のことが説明されている（第三部）。

＊

作品の中で、花の臨終の場面はない。ただ、真谷家の守り神とされる白い蛇が、前蔵の前で悶えている場面が描写されるばかりである。「東の前蔵から西の前蔵へ樋を伝って移る途中で、老いて命脈尽きかけていたものか、ばたりと落ちたのを、五つになる秀雄が見つけて気丈にも棒で一撃を喰らわしたのである」。秀雄は、花の次男・友一の長男であり、花が待ち望んだ男児の内孫であった。真谷家の、唯一の男児の内孫の手にかかり悶絶する「白い蛇」。花が命を賭して守り続けた「家」の死が、この白蛇の死によって象徴されているのだ。

東京からやって来た文緒と交替して、華子はその日のうちに帰途についた。文緒には、昔の覇気はなかった。「敗戦と、貧乏と、夫の死と、相ついで受けた文緒は、齢も五十の峠を越すと急に老けて、往年の進歩的女性の精彩を欠いてきていた」（第三部）。華子は、帰京の途次、二十年ぶりに和歌山城の天守閣に登った。花に手を引かれて和歌山城の公園を歩いたのはバタビアから一時帰国していた小学校三年生の時であった。和歌山城は昭和二十年七月九日の和歌山大空襲により焼失、昭和三十三年に鉄筋コンクリートにより再建された。新築されたばかりの天守閣から、華子は、望遠鏡を通して、眼下に広がる景観を眺めるのだった。「見遥かす紀州は昔と同じように豊かな緑であった」(第三部)。

しかし、近在の都市の資本の力によって、河口近くには「林立する煙突」の風景があった。紀ノ川の有効活用と、その為の護岸工事に力を尽くした真谷敬策と、その事業を内から支えた花のことが思い出された。この時、近い将来における「豊かな緑」の喪失を、華子は予感したのではなかったか。その「落胆」した華子を救ったのが「その向こうに」「展けて見えた」「海」だったのである。「旧家の終焉もまた処理のむずかしさでは、河川浄化作業と変わることがない」。そして、「紀ノ川に昔の青さが失われても水は流れ続けていく」という。「水は流れ続けていく」という確信は、「家が亡びても人は生き続ける」という思いに至ったのである。この時、これを主題として有吉佐和子は、「『紀ノ川・第四部』を書かなければならない」と決意している(「舞台再訪　私の小説から―紀ノ川」前掲)。

ところで、「紀ノ川」とほぼ併行して書かれた「新女大学」(『婦人公論』昭和三十四年一月〜十二月。翌三十五年八月、中央公論社より刊行)には、女性の特質としての「母性」が強調されている。「女であることの自覚や、男女平等の精神を摑むのは結構なことですが、女が自らの母性を忘れてはならない」(「第十二講　常に母たるべし」)。有吉佐和子は「母性」を「女の持つ唯一にして最高の徳性」であると捉えている。「紀ノ川」を執筆しながら、花の生き方を通して、

「母性」の発露を発見し、その姿に「婦徳」を感じ取ったのだ。「母性は、大慈大悲の大日如来です。」（引用は、単行本一四八頁）。

時を経て、有吉佐和子は「ハストリアンとして」（『波』昭和五十三年一月）のなかで「英語には歴史 History に対する造語として Herstory という言葉が定着しています。これを『女性史』と訳すのは間違いで正確には『女性の側から見た歴史』という意味です」と記した。そして「私の念願は、読者をゾクッとさせるハストリアンでありたい」と言う。これまでに書き残されたものを、「女性の側から」書き改めてみようというのが、作家としての有吉佐和子の態度となっている。彼女の予言した「紀ノ川・第四部」は、ついに書かれなかった。

しかし、「紀ノ川」に内包される「母性」は、その後の多くの作品を紡ぎ出した。「海暗《うみくら》」（昭和四十三年）、「出雲の阿国」（昭和四十四年）、「真砂屋お峰」（昭和四十九年）等は、「女性の側から見た」作品であり、「和宮様御留」（昭和五十三年）は「女性の側から見た歴史」ということになる。「複合汚染」（昭和五十年）は、華子の感じた川の流れの浄化に繋がっているだろう。「恍惚の人」（昭和四十七年）は、男性では書けない「婦徳」の産物である。「紀ノ川・第四部」は、華子のまなざしの向こうにあった、景色の様々として提出された。

すなわち、物語としての「紀ノ川」は、その後の華子の歩みとともに、完成されていったのではなかったか。「第四部」は書かれなかったのではなく、また書けなかったのでもない。書く必要が無くなったのである。いま、有吉佐和子の描く、その後の作品のほとんどが、「紀ノ川」の変容であり、その具現化された作品のように見えてくるのである。

（補注）

1、「ゴージャスなもの」（『演劇界』第三十五巻第一号、昭和五十二年一月号）参照。「今は亡き大谷竹次郎翁に私を推挽して下さったのも利倉先生で、劇作家として私は歌舞伎畑から出発したのは今でも幸運だったたと思っている。」とある。

2、『和歌山県地名大辞典』〈角川日本地名大辞典30〉（角川書店、昭和六十年七月）三五八頁〜三六一頁）に拠る。その他、木本主一郎関連については、『和歌山県政史』第一巻（昭和四十二年三月）・第二巻（昭和四十六年三月）、『和歌山県史・人物』（平成元年三月）等を参考にした。

3、木村一信「〈ジャワ〉の有吉佐和子」（『有吉佐和子の世界』平成十六年十月、翰林書房）所収。一六八頁〜一八一頁。この論文は、当時の有吉佐和子の軌跡を、現地の資料に基づき立証した画期的なものであった。その結果、有吉佐和子のジャワ体験は、その後に書き残された彼女の作品や文献の内容とほぼ一致することが確認できる。

4、呉敬子「有吉佐和子研究『紀ノ川』論」（『誠信研究論文集』第三十三号、一九九三年〈平成五年〉八月）参照。この論文は、後に『有吉佐和子』（二〇〇〇年〈平成十二年〉九月、私家版・非売品）に、「非色」「夕陽ヵ丘三号館」「恍惚の人」「複合汚染」に関する論考と共に収録された。著者の呉敬子氏は、韓国誠信女子大学で長らく日本語・日本文学を教えられ、同大学名誉教授となられた。本書には、詳細な書誌も収録されており、最も早い時期における総合的な「有吉佐和子研究」でありながら、海外での出版と韓国語によるという事情のため、日本では、広く知られることがなかった。

5、呉敬子氏の論文（前掲）によれば、ここに引用されたエリオットの評論は「伝統と個人の才能」からのものであるとし、『エリオット全集』第五巻（中央公論社、深瀬基寛訳）が紹介されている。「もし伝統ということの、つまり伝えのこすことの、唯一の形式が、われわれのすぐまえの世代の収めた成果を墨守して、盲目的にもしくはおずおずとその生きかたに追従するところにあるのなら、『伝統』とは、はっきりと否定すべきものであろう。」とある。華子の手紙は、この部分の要約であることが明らかである。すでに見てきたように、歌舞伎や舞踊劇などの日本の伝統芸能を通じて、有吉佐和子の「超時間的」な「歴史感覚」（エリオット）の芽生えを認めることができよう。

6、宮内淳子「有吉佐和子／年譜」（『作家の自伝109　有吉佐和子』日本図書センター、平成十二年十一月）参照。「若くして人気作家となり、マスコミに振り回されて自分を見失いそうな不安から、作家としての自分を見極めるため、この留学は決行された。」（二八五頁）と説明されている。

7、梅原猛「有吉さんを偲ぶ」は、『すばる』第六巻第十一号（昭和五十九年十一月号）に掲載。同誌は「有吉佐和子追悼特集」を編み、他に川口松太郎「佐和子可愛いや」、深田祐介「『島々』を駆け抜けたひと」、座談会「『日本の島々、昔と今。』のころ」（北田哲夫・佐藤満夫・米津定義）が掲載されている。

8、花崎采琰訳『中国悲曲　飲水詞』（東方文藝の會、昭和六十年十二月）の「あとがき」に、

「有吉佐和子様と私との出会いは、佐和子様が十三歳（小学校五年生）の頃です。私の友人、戸谷喜久子さんの経営される上根岸の塾で素読を教えました。」（九十九頁）とある。また、有吉佐和子『ずいひつ』（新制社、昭和三十三年九月）に「根岸小学校の五年生女子組に転入した私」（二四八頁）という記述があり、花崎采琰と有吉佐和子の出会いの時期が確認できる。それは、ジャワから一時帰国した昭和十六年（一九四一）五月のことである。有吉佐和子は、当時の様子を「戦争が始まる年の初に私の一家は日本に帰った。時すでに『非常時』という言葉が日常生活に入りこんでいて、憧れて故国に帰ってきた私にとって日本はあまりに日本らしく映らなかった。（略）下谷区の根岸小学校というのが新しい学校であった。その前に二か月ばかり大阪の浜寺小学校に在籍したが、私は病気がちで殆ど出席しなかった。」（前掲書、一四七頁）とある。

◇主な参考文献

有吉佐和子『紀ノ川』（中央公論社、昭和三十四年六月十日）

有吉佐和子『新女大学』（中央公論社、昭和三十五年八月三十一日）

花崎采琰訳『中国悲曲　飲水詞』（東方文藝の會、昭和六十年十二月十五日）

宮内淳子編『新潮日本文学アルバム71　有吉佐和子』（新潮社、平成七年五月十日）

呉　敬子『有吉佐和子』（私家版〈韓国安養市〉、平成十二年九月一日）

宮内淳子編『作家の自伝109　有吉佐和子』（日本図書センター、平成十二年十一月二十五日）

井上謙・半田美永・宮内淳子共編『有吉佐和子の世界』（翰林書房、平成十六年十月十八日）

＊引用文献の出典はすべて本稿中に明記し、必要とする補注のみを巻末に纏めて記載した。

The World of Ariyoshi Sawako's Kinokawa
—The Poetry and Truth of Storytelling—

The novel Kinokawa (The River Ki) (1959, or Showa 34) by Ariyoshi Sawako is, according to the author's self-statement, a piece of work that makes her aware of her identity as a writer. From the characters in the story, we can see their intention to admit their family burden of blood ties and confirm their positions. This novel has been interpreted as a Sandaiki of women or a record of three generations in a family. However, this essay made a re-examination of the discrepancy between the facts and the story, mainly focusing on the direction of Hanako's look at the future (a character appearing in the third volume). In this novel, "fiction" and "reality" were written cleverly as interwoven silk, sealing the "poetry" and "reality" the author held in her arms. What is the so-called "reality" in Kinokawa? This essay aims to confirm Ariyoshi Sawako's writing attitude and figure out the "reality" in the novel via Hanako.

This story is a verse novel of great skill by Ariyoshi Sawako

エピローグ

花が、九度山村にある紀本家から、なぜ和歌山市に近い海草郡有功村字六十谷の真谷家に嫁ぐように設定されたのか。あるいは、真谷家がなぜ六十谷に存在しなければならないのか。その謎を解く秘密は、紀ノ川の有する特性にある。知られるように、紀ノ川は奈良県を流れる吉野川が、和歌山県に入り「紀ノ川」と名称を変える。大台ケ原を源流とし、全長一四三㎞、流域面積一九一〇㎢の河川は、その流域や河口付近の平野部に、稲や野菜、果樹などの栽培に適した豊沃な農村地帯を形成した。

和歌山県全体は山地が多く、平野部に乏しい。『郷土資料事典　和歌山県・観光と旅』〈県別シリーズ28〉（人文社、昭和四十三年七月）によれば、紀ノ川流域の「平野部」が「県全体の約50%を提供する」（二十八頁）という。さらに、同事典には、次のように説明されている。

また、和歌山市域に入ると流路幅を急に広げて河口平野を形成している。これが本流氾濫原からなる和歌山平野で、臨海部にはかなり大規模な砂丘地帯が発達している。和歌山の市街地は、この砂丘地帯とその背後の低地帯にかけて広がっている。（二十八頁）

つまり、流域住民にとって、自然の恵みを豊かに提供する「母なる川」は、時には猛り狂い人々を苦しめる「荒ぶる女神」でもあった。紀ノ川の歴史は、禍福あざなう流れとして、和歌山平野を構成してきたのだった。その現実を、たとえば小説「有田川」においても、作家・有吉佐和子は書き込んでいる。真谷家を生涯を賭して支えた花は、「有田川」では千代となって、氾濫のたびに蘇生する逞しい女性として生まれ変わっているのだ。「家の呪縛」から解き放たれた千代は、数奇な生涯の果てに自立した見事な生を獲得したのである。

さて、『底本　紀ノ川・吉野川――母なる川　その悠久の歴史と文化』（中野榮治監修・郷土出版社、平成十五年七月）に、「紀ノ川河口の変遷―紀ノ川が形成した和歌山平野」と題する解説文がある。その一節を引用してみよう。

明治以降、わが国の河川では河道の一本化、屈曲部の直線化、川幅の拡張といった近代的な河川改修が行なわれ、流路に沿って高く連続した堤防が築かれた。今日では、一部に自然を生かした河川工事も見られるが、一般的には河岸に護岸工事が施され、自然の河川の状態がほとんど見られなくなってしまった。（三十三頁）

明治以降の河川工事は、紀ノ川河口の場合にも例外ではない。和歌山市に近い那賀郡岩出町（現在、岩出市）では、ＪＲ和歌山線の鉄橋と並行して、昭和三十二年に二五八ｍの岩出堰が完成し、一帯の水田を潤している。また、岩出には古くから、若山（現在、和歌山市）の城下の水害を防ぐための「兼子」（岩出市畑家小字兼子）水門がある。若山上流の岩出付近の北岸堤防を切って、紀ノ川の水量を逃がす為の水門である。文政四年（一八二一）の紀ノ川大洪水では、この水門が開けられたことが記録に残っている。江戸時代、紀ノ川洪水の被害は、城下にも大きな影響を与えていたことが分かる。

　小説「紀ノ川」の真谷敬策は、政治家として、この河川工事に生涯をかけた人物だった。作品に描かれた、真谷敬策の行動に注意してみよう。敬策と花の長男として政一郎が生まれたのは、伊藤博文が立憲政友会を組織した明治三十三年（一九〇〇）のことである。「この報道に敬策は狂喜して伊藤侯の宣言書を声をあげて朗読し、花は百姓たちのために雨量を心配する敬策と、この子供のように新聞紙を抱きしめている敬策と、思い較べて微笑ましくてならなかった」（「紀ノ川」第一部）。父となる前から敬策は、「生れた子は政治家にするんや」と叫ぶように言い、生まれる前から名前を政一郎と決めていたのだった。

　さらに、作品は次のように続く。

> 長男出生の真谷家の喜びをよそに、外は先月末から降り出した雨で、秋が急に来て鬱陶しかった。西出垣内の半田の娘が岩出に嫁入りしたのも雨の中で、三吊りの荷に油紙をかぶせて嫁《い》たという噂を花は床の中で聞いた。

西出垣内の半田とは、真谷家の分家である。その家の娘が、岩出の吉井家の分家に嫁いだ。敬策はその婚礼披露に招かれたのである。この後、敬策について書かれた場面があるので、少し長くなるが引用する。

「吉井はんの御婚礼はどないでございましたかのし」

ある夜、産屋見舞いにきた敬策に花は問いかけたが、さっきまで政一郎を抱きあげて満悦の態であった彼は、なにか心に屈託があるのか答えなかった。押して問うことができぬ花が、敬策の横顔を見詰めていると、彼は俄かに立ち上がって何も云わずに出て行ってしまった。／岩出からの戻りに、紀ノ川の水量が激増していることを見た敬策は、その後、たえず不安を感じていたのである。雨合羽をかぶって彼は一人で外に出ると、柳原への道を歩いて堤防の上に立った。降りしきる雨の下で、河明りに妖気めいたものが立ちこめていた。唸るような水音が、敬策のすぐ足許にあった。このあたりの堤防が切れることはあるまいと安堵したものの、敬策はなお不安げに遠い川上を見守っていた。

この時、真谷敬策は、有功村の若き村長であった。川上から来る黒い人影は、やはり雨を心配した加納田の茂太郎であった。「あ、茂たん、あれ見い。材木と違うか」「えらいこっちゃ、岩出の堰切れたんと違うか」。

この夜、深更から朝にかけて紀ノ川は氾濫して、流域の集落を荒らした。三年前に、敬策は村長に就任したが、それと同時に有功村の堤防工事を済ませてあった。そのことに加え、村全体が幸い高地にあるために災禍を免れた。だが、この時六十谷の堰と橋は流失する。そして、「土地の低い岩出が最もひどい被害を受けたという噂が夜があけるとすぐ伝わってきた」のである。また、岩出の在所では家ごと流されて、死者も出たという。

その日の午後になって、敬策は陣頭指揮をとり、有功村の青年たちが岩出に援助に出かけた。だが、嫁いで十日たつかたたぬ半田の娘は、流されていなくなっていた。「婿さんは助かって、気イついたときは嫁さんは傍にいなんだんやとし」、「なんせ水浸くときは、あっという間やての」。「可哀そうにのう。土地不案内で逃げ遅れたんやろか」。

＊

真谷家のある有功村は、明治二十二年から昭和三十三年にかけての自治体の名称であり、以前は名草郡と呼んだ。その後、同村は明治二十九年から海草郡に属した。紀ノ川右岸、和泉山麓南側に位置する。小説「紀ノ川」のモデルとなった木本家は木ノ本村にあり、同村も同じく明治二十九年から海草郡に編入されている。真谷家のある有功村は、木ノ本村よりも岩出に近く、地形的には低段丘地形で洪水に関心の高い場所であると考えられる。また、ＪＲ六十谷駅の西方には大谷古墳があり、ここからは敦煌石窟や中国画像に見られる馬冑《ばちゅう》等が発掘されており、有吉佐和子の関心を惹いたのではなかろうか。ともあれ、岩橋千塚《いわせせんづか》古墳群と並び、紀北文化の発祥地として知られる国の史跡に指定された場が、真谷家のある場として設定されている。

九度山の紀本花は、豊乃の忠言に従い、紀ノ川を下り、有功村六十谷の真谷家に嫁いだ。今、川上の岩出に嫁いだ半田の娘が、新婚早々に洪水に遭遇して短い一生を終えた。花は、当時を回想して、次のように紀ノ川の実相を分析している。

姑や女衆たちが口々に半田の娘を悼むのを聞きながら、花は、紀ノ川添いの嫁入りは流れに逆ろうてはならんのえ、と云っていた豊乃を思い出していた。敬策の口から縁談があると聞いたとき、なぜそれを夫に云わなかったかと悔まれた。敬策が云い伝えや迷信の類をあまり好まぬ性格と知っていたし、そのとき花が反対しても半田の娘は岩出に嫁にいったに違いないと分っていても、花には悔まれてならないのだった。

花の嫁ぐ日、「駕籠の中で感じた紀ノ川の流れは静かで頼もしかった」。「初夏に見た紀ノ川は優しく碧く」、彼女の記憶に残る紀ノ川は「人を殺すほど荒れるとはどう考えても思えないのであった」。

ところで、現在の和歌山市六十谷には、現在も半田姓が残っている。半田は、真谷家の分家として、小説「紀ノ川」には登場する。『和歌山県地名大辞典』〈角川日本地名大辞典30〉(角川書店、昭和六十年七月)には、「六十谷村」(近世)の項目に「根来同心半田森本坊が居住していた。」との説明がある。天和二年の「名草郡山口組地方事」(土屋家文書)に記載されているという。この文書に依拠すれば、現在の六十谷の半田家の由来の一端が分かるが、有吉佐和子は「半田」の類推から、真谷家の「分家」としてのイメージを想起し、真谷家の居住地を定めたとも考えられる。すべては、筆者の想像にしか過ぎないが、花の実家が「九度山」に設定された真相とともに、なぜ彼女の嫁ぎ先が有功村六十谷なのか、以前からの密かな謎であった。

＊

なお、蛇足ながら私事に関わることを備忘録的に書き記しておこうと思う。「紀ノ川」の読者から、たまに「作品中の『半田家』はあなたと関わりがあるのですか」と尋ねられることがあるからである。紀ノ川右岸の半田家は、産土神として知られる「海神社《うながみ》」の周辺に比較的多い。そのことについて、少し触れておきたい。

『紀伊続風土記巻之三十　那賀郡四』（『紀伊続風土記㈠』歴史図書社、昭和四十五年一月）の「神領村」の項目に「〇地士　半田藤助」なる人物が記載されている。海神社は紀ノ川右岸、和泉山麓に位置し、「池田ノ荘十六箇村の産土神なり」と記載されている（同書、六五九頁）。筆者は、幼いころから何の疑問も持たずに年始や秋祭りには村の友人たちと境内でよく遊んだ。秋祭りの綿菓子や獅子舞の動きは、今も鮮やかに蘇ってくる。だが、時を経て、この山村に、なぜ〈海の神〉が鎮座するのか、謎が次第に肥大してきたのであった。機会があるたびに、筆者はこれを話題にし、エッセイなどに書いたりもした。海神社の祀神は「豊玉彦命」「国津姫命」、末社四社には「穂高見命」「玉依姫命」「事代主命」を祀る。伝承によれば、海神社は熊野の楯ヵ崎鎮座の神を淵源とする。『紀伊続風土記』には、「社伝に海神豊玉彦ノ尊熊野楯ヵ崎に在すそれより此地に鎮り坐すといふ」と記載される。また、続けて「楯ヵ崎は牟婁《むろ》郡木本ノ荘甫母浦の東南十八町にあり其崎に向へる出埼に室古明神といふを祀る是当社の古宮ならんか」と割注がある。

つまり、神領村（現在、紀の川市神領）に鎮座する海神社の淵源は、牟婁郡木本ノ荘の東南十八町〈一町は約一〇九ｍ〉にある室古明神だというのである。神は、一体どのようにして移動するのか。この謎を解き明かそうとした桐村英一郎『熊野から海神《うながみ》の宮へ─神々はなぜ移動するのか』（平成三十年二月、はる書房）によれば、それは葛城修験者と熊野修験者の融合した結果だということになる。彼らの活動はかなり古く、空海・弘法大師が高野山を開いたころか、それよりも古い。しかし、天正の兵火によって、この古社にまつわる史料の全ては灰燼と化した。復興したのは、山田宿禰秀延なる人物であった。代々の神主は、当地に住まいした山田姓の家系であったろう。それを支えた一族に半田姓がいたに違いない。

神領村の北方に、中畑村がありそのやや東方に神通村がある。神が通行する村の意であろうか。神通村について「中畑村の東十六町にあり」と『紀伊続風土記』に記述がある。中畑村には国津大明神社が、神通村には海神春日神社が祀られており、それらの神は神領村の海神と中三谷村の春日社とが合祀され、一村の鎮守としたものであると康永二年の古記（御供料一所寄進文書）は伝えている。その記述の内容は南北朝時代、足利尊氏時代のものである。

＊

現在も、中畑村には半田姓が比較的多く、その一族には神領村との関わりが深く、また敬神の篤い人々が多く見られる。私事になるが、筆者の祖先は中畑村から出でて、肥沃な農地を求めて勢田村に定着したことが旧戸籍謄本や過去帳から知られる。半田清次郎がその人で、安政四年八月に没している。その父に半田増五郎（安政四年六月没）とその妻（弘化四年十月没）のことが過去帳に記載されるが、詳細は分からない。

勢田村は現在、北勢田と南勢田に分離したが、南北勢田を併せて半田姓は一軒しか存在しない。古くは神領村に近い勢田村の北側を北垣内、その南を中垣内、さらに南を南垣内と呼称した。筆者の半田は中垣内に位置する。その戸数は江戸時代より約二十軒であったらしく、半田庄左衛門の筆跡による箱書きには「塗椀二十個」などと記載されている。庄左衛門は清次郎の長男で弘化四年四月二十四日生まれ、明治四年八月に伊都郡野上村前田林助の娘イハノを娶った。庄左衛門の母クスは文政四年正月十八日に生まれている。庄左衛門は、筆者の曽祖父にあたるが、この夫妻は浄瑠璃を語りイハノは夫の傍らで三味線を弾いたという。

小説「紀ノ川」に登場する豊乃は文政五年の生まれで、庄左衛門の母クスとは一歳違いの、ほぼ同世代にあたる。この世代は四十代半ばに明治維新を迎え、近代日本の息吹を体感した世代だった。徳川の世が去り、ここ紀州の地にも、新しい時代が人々に希望を与えた時が流れていたに違いない。

小説「紀ノ川」の圧巻は、花の病床で華子が増鏡を読み聞かせる場面であると私は思う。増鏡を読む行為を、読経しているようだったと、華子は回想する。


花を通して、家に生れて死んだ多くの女たちの黝《くろず》んだ生命を受け取るために、やるべきことはこれだけだったと信じて、華子は憑《つ》かれたように読み続けた。

真谷家は潰えても、華子の体内には、その血流が流れ、流れ続ける。「女の三代記」とは、実はみずからを問い、蘇生するための物語だったのである。有吉佐和子の文学は、時代が変化し価値の変容や多様性が叫ばれる世になったとしても、いっそう読み継がれなければならないと思われる。なぜなら、グローバル化される世界が、ますます自己を不透明にし、その自律性を希薄にさせているからである。

〔付 記〕

本書に収録した「有吉佐和子論」は、平成三十年（二〇一八）一月二十日に和歌山市民図書館で開催された「有吉佐和子と和歌山の文学」と題する基調講演の際の資料を基に成稿したものです。誘掖を賜りました和歌山市教育委員会の皆様をはじめ、関係各位に御礼申し上げます。

付章・資料

杉並区妙法寺境内の碑

揮毫は花崎采琰

i　歌舞伎関係資料　――アメリカ留学時代――

はじめに

昭和三十四（一九五九）年十一月、「紀ノ川」を書き上げた直後の有吉佐和子は、ロックフェラー財団の招きでアメリカに留学する。留学先は、ニューヨーク市にあるサラ・ローレンス・カレッジであった。演劇研究が目的であり、選んだのは「演劇コース」であった。有吉佐和子は学生時代から歌舞伎研究会に入り、雑誌『演劇界』の懸賞論文にもしばしば応募するなど、演劇の世界に深い関心を寄せていたのである。有吉佐和子のアメリカ留学時代の実態は殆ど知られていない。その一端を知り得る資料として、留学先から寄せられた三編の記事を①②③として紹介する。また、併せて、アズマ・カブキの創設者吾妻徳穂に関する資料を④として紹介する。有吉佐和子と吾妻徳穂との関わりについては、本稿の末尾の「解説」で触れることにする。

①表題「渡米歌舞伎あれこれ」

〔解説〕昭和三十五年三月十七日付『朝日新聞』夕刊（五面）に掲載。当時、コロンビア大学準《ママ》教授・ドナルド・キーン氏との対談。リードに「日米修好百年を記念してのカブキ渡米は、五月末出発をめざして、いま準備に忙しい。十七日に松尾千土地興行社長が再び渡米して最後の打ち合わせをするが、歌右衛門、勘三郎、松緑というメンバーで、だし物も『勧進帳』『籠釣瓶』『娘道成寺』『仮名手本忠臣蔵』『高尾懺悔』『身替座禅』などを持ってゆくことが大体きまったと松竹側ではいっている。／渡米するカブキに対するアメリカ側の期待は大きい。コロンビア大学の準《ママ》教授ドナルド・キーン氏は、この企ての陰の推進力となった人。サラ・ローレンス大学に留学中の作家有吉佐和子さんと対談してもらった。（ニューヨーク支局発）」とある。なお、紙面には両者の対談の場面の他、歌右衛門の「娘道成寺」、勘三郎の師直と松緑の若狭之助の舞台「忠臣蔵」、松緑の「勧進帳」の写真が掲載されている。

＊

有吉　歌舞伎の渡米については、キーンさんはアメリカ側のブレーンだったたんでしょう。

キーン　ええ。なんにも負わされていないのですけど。

有吉　最初は松尾さん（千土地興行社長）がいらっしゃったのがきっかけですね。今度の交渉では暗礁に乗り上げ、苦境に立たされたようだが、口火を切った功績は、やはり松尾さんにあると思うわ。

キーン　ロサンゼルスの映画館主ドウリットルさんが、松尾さんの話を聞いて、それを雅楽公演で知り合ったカースタインさんに伝えたんです。カブキ公演は商業的に採算が合わず、ヒューロックさんも断ったくらいだから、カースタインさんでなくては、できない。

有吉　それはどういう意味？　カースタインさんが、大変情熱的な人ということ？

キーン　そう。雅楽のとき、結局三万ドルの損をしたそうです。

有吉　雅楽公演は、去年の秋だったが、大変なヒットでしたってね。

キーン　ボストンでは、お天気の悪い日でしたが、初日に七、八千人、二日目は一万二千人以上もつめかけ、みんな感激していた。感激しない人も少しはあったが、それは日本人だけだった。（笑い）

「忠臣蔵」はぜひとも

有吉　こちらへ持ってくるのに、経費の問題もあって、人数が限られるでしょう。「忠臣蔵」は、必ず入れるんでしょうか。

キーン　カースタインさんは、どうしても入れたいといっています。三年前にアズマ・カブキが来て、踊りや、いろんな芝居のサワリを見せ、おおかたのアメリカ人の好みに合ったのが、受けましたね。しかし、あれにはガッカリした人が大分あったことも、確かです。こんどは、純粋のものでなければ、前に悪印象を受けた人の先入観を消すことはできないでしょう。

有吉　アズマ・カブキは踊りが主。カブキの宣伝版のようなものだった。そのために、こんど本格カブキの渡米という道が開けたんで、啓発的、先駆的な意味では、一応、成功したと思いますが。

キーン　アズマ・カブキとこんどのカブキとは、はっきり区別させなくてはなりません。初日から重みのあるものを見せなくてはいけない。藤娘や娘道成寺で人寄せしたら「アズマ・カブキと変わらんではないか」ということにもなりかねない。そこで、「忠臣蔵」が出てくる。日本での伝統的な出し物ですからね。

有吉　どうも、私は「忠臣蔵」はいや。あだ討ちの芝居をアメリカで出すのには、日本人として神経にひっかかるわ。

キーン　松の廊下の刃傷、判官切腹、城外の三幕だけで、あだ討ちまでは出ないはずなんですがね。

有吉　城外のところは、大勢の役者がいるのに、大丈夫かしら。

キーン　役者の数は別問題です。「忠臣蔵」は、どうみても、日本の芝居で一番有名なものだと思いますね。映画になっても、いつも当たっているでしょう。あだ討ちにしても、私は別に好きだというわけではないが、あれは日本の芝居の伝統の中の、一番大事な一つだと思います。

有吉　敗戦国というのでひっかかるわ。

キーン　有吉さんの気持ちもよく分かります。しかし、敗戦後、間もなく東京で、「忠臣蔵」の上演が許されたでしょう。私は「忠臣蔵」が一番いいと思うが、他に何か重量感のあるものがありますかね。そう、「妹背山婦女庭訓《いもせやまおんなていきん》」山の段。あれはすばらしい。あれほど演劇的なものはない。しかし、これを出すとすると、日本人は、また、文句をつけるでしょうね。首が川を流れる。日本はヤバン国と思われはしないかしらとね。そんな風に、自分の国のことを心配する必要はないんじゃあないですか。

切符は売り切れを予想

有吉　キーンさんは、特殊な方でしょう。一般は……。

キーン　もちろん、そうでしょうが、アメリカでカブキを見にゆく人は、みんな特殊な人なのです。しかも、公演はニューヨーク、サンフランシスコといった大都会だけ。アメリカの田舎の人や、GIなどが、どう思うか、などということは考えなくていいことです。大衆をねらったら、必ず失敗しますよ。大衆は映画でもそうですが、外国語で物を書くのは面白くないという人ばかりですからね。

有吉　日本でも、カブキは大衆的なものとは、いろんな意味で、離れつつあります。でも、アメリカでも、きっとヒットするでしょうね。

キーン　私の想定では、ニューヨークでは、初日前に切符は全部売り切れると思います。売れ行きのことを考えなくてよいのだから、一番いいもの、芸術的にすぐれたものを見せたらいいんじゃあないですか。

有吉　カブキの解説本も、こちらで出版されているし、少なくとも演劇に興味を持っている人は、カブキのアウト・ラインはみな知ってますものね。ニューヨークでの公演予定は三週間だそうですが、特殊な人だけで持ちますかね。

キーン　ボストン、フィラデルフィアからも来ますでしょう。

有吉　シカゴではやらないのですか。
キーン　冷房のついた大劇場はないんだそうです。
有吉　ニューヨークの公演場所、シティー・センターというのはどのくらい入るのです。
キーン　三千何百人。花道を作るから、客席は幾分減るでしょうね。まわり舞台もつけます。ぼん（盆）をのせたような簡単なやつですが。
有吉　所作板はどうしますか。吾妻徳穂さんから借りるといいますね。あれがないとタビはひっかかるし、着物はどろどろになって、踊れません。
キーン　シティー・センターは市営ですので、入場料の最高が三ドル九十セントにおさえられています。
有吉　新聞、劇評家はどうでしょう。
キーン　多分、非常に感激することでしょう。日本にしかない古典芸術で、演技も一流俳優となったら、文句のつけようがないじゃあないですか。もちろん、内容も深みのある、どっしりとしたものでないと、いけないでしょうが。
有吉　こんどのカブキの番組は、二種類用意されるんですってね。ひとつはアメリカ側の注文によるもの、もう一つは、大谷松竹会長まかせのもの。アメリカ側のは先の「忠臣蔵」の中に、キーンさんの好みで所作物として「高尾懺悔」を入れるとか。大変、しめっぽいですね。
キーン　これは私の案で、まだはっきりしていません。大谷さんのは聞くところでは、「勧進

有吉　帳」と「籠釣瓶」。

一番、大切なのは役者と演技。その意味で中心となる三人は予想以上のベスト・メンバーでうれしかった。カースタインさん、押しの一手だったらしいのね。柱の三人は決まってても、あとの大勢は……本当に大丈夫でしょうね。ニューヨークの五月公演が延びるというウワサは。

キーン　六月になるという話も出ているようですね。理由はロサンゼルスの劇場が、六月二十日まで使えないため。もしも、五月はじめから三週間ニューヨークでやったら、五月末から、六月二十日まで、どうしたらよいか。それで、ニューヨークのふた開けを五月末か六月はじめにずらしたいというのです。

有吉　具体的な点になりますが、例えばカブキのおしろいの塗り方などでも、こちらの劇界にどういう風に消化されてゆくか。アズマ・カブキのときでも、洋服のファッションにぬきえもん〈抜き衣紋〉がとりいれられたというじゃありませんか。

キーン　たしかに相当な影響を与えるでしょう。アズマのとき、婦人雑誌で〝カブキ・ピンク〟という色を宣伝したのがありましたね。

有吉　話がもどるようですが、せりふが分からず、筋も知らないお客さんが、多いんじゃあないですか。

キーン　こんどは、少し変わった方法をとるようです。入り口でトランジスター・ラジオを貸し、このイヤ・ホーンを耳に当てれば、場内放送でセリフの同時英訳が聞こえてくる。

大学ではカブキ展

有吉 ラジオでスーパー・インポーズとは、大変ぜいたくなやり方ですね。まったく筋書きなしでやるのは、危険ですものね。東京で「妹背山」を見た外人が、その筋書きを説明しているのを聞いて吹き出してしまった。大判事と佐高《さだか》とは、昔、恋人同士だったのに、結婚できなかった。そこで娘と息子だけはいっしょにさせようと話し合ったが、うまくいかない。はなしのもつれのあげく首を切ってしまったんだ――というんです。とんでもない。二人は初めから仲の悪い同士。

キーン ボクも同感だ。東京歌舞伎座では、五十円か出せば英語のプロが雇えるが、その□〈一字不明〉までのあら筋ばかりで、今やっているところの説明がない。

有吉 外人は幕が開いてからのことを知りたいんですわね。コロンビア大学では、こんどカブキをやられるんですって……。

キーン ええ。大学に二つの図書館がありますが、その一方で、歌舞伎展、もう一方で日米修好百年展をやるはずです。カブキ展には、衣装、くまどり、大、小道具の絵などを並べたいと思います。

有吉 コロンビア大学といえば、歌右衛門に名誉博士号を出すという話が、出ていたそうですが……。

キーン ええ。あるにはありました。でも、ある日本人に話したら、反対しました。日本にはそういう制度がないから誤解される。そう簡単に学位を出したら、コロンビア大学の権威を下げるのではないかって。

（三月五日、ニューヨーク市、日本クラブで）

②表題「『夕鶴』のことなど――アメリカ通信」

〔解説〕当時の雑誌『演劇界』の編集長・利倉幸一宛の書簡。『演劇界』昭和三十五年三月号（第十八巻第三号）に掲載された。後に、有吉佐和子は「『演劇界』は私にとって育ての親」（『演劇出版社30年』演劇出版社、昭和五十四年十月）で、「『演劇界』が創立三十年になると聞いて、茫然としています。そもそも私に書いたものが活字になる喜びを教えて下さったのが利倉先生でした。学生時代から三年間も連続して書かして頂いたのです。その時の修行が、小説書きへのウォーミングアップになっていることが、よく分かります。」と記した。以下、紹介本文は同誌一一八頁に掲載、当時の有吉佐和子の半身写真が掲げられている。

＊

利倉様

一月二十日、私の誕生日に『夕鶴』綜合版落手いたしました。毎年、綺麗なハッピー・バースデーのカードをお送り頂いているのを思い、感慨にふけるものがありました。有難うございました。

先月、オープニング・リハーサルがあって、私さまざまな助言をしたにもかかわらず、その結果はすさまじいものになりました。つうの衣装は、私のキモノで私が着付をしたのですが、子供たちは、ハワイのムームーと、支那服です。いわれているニッポン・ブームは、実は東洋ブームだったということが、はっきり分りました。私たちにノルウェーとデンマークの違いがはっきりしないように、彼等には日本と支那の区別がつかないらしいのです。どう説明しても、「それは大したことではない」という考えらしいのです。

ですが、戯曲のユニバーサリティは、やはり大したものだと思いました。あまり上手とは言えない演技でしたが、オブザーバーはそれぞれ感銘を受けたようです。

本公演は一月二十二日の予定でしたが都合で二月中旬に延期されました。一月は二十七日から二十九日まで大谷洌子《きよこ》さんたちのオペラがあるのですが、あいにく私は二十三日からカナダへ旅行しますので、見ることが出来ません。

お送り頂いた本は、演劇コースの学生全部でアプリシエイトしました。各頁にわたって内容を説明させられるので汗をかいています。

今日までに十七ほどの（ブロードウェイ、オフ・ブロードウェイ含めて）芝居を見ました。いろいろ感じるところ多かったのですが、中でも、テネシー・ウイリアムズの『青春の愛しき小鳥』における、ジラルディン・ペイジの名演には、今も酔い続けです。エリア・カザンの演出に、うあわと思うところがありました。現在、大好評なのは、ヘレン・ケラーの幼児を扱った『奇蹟《ママ》をする人』で十一才のパッティ・デマークが、大人を喰ってしまってすごいです。映画の技法がステージに響いているという、アメリカの一つの傾向がよく見られます。

大学ではこんな筈では無かったと思うほど、勉強に追われています。何しろ個人教授を建前とした大学なので、サボルことが絶対不可能なのです。一週に大体戯曲を三つ読まされます。ブレヒトをようやく終って、二月から待望のフリストファ・フライを始めることになりました。当分、辞書と首っぴきです。仕事を持って来なくて、本当によかったと思いました。

歌舞伎は春には来るというので、前評判が立っていますが、演劇ユニオンと関係を持たないので、いわゆる桧舞台にかからないのが残念です。女形というものを、私はニューヨークに来て、初めて客観出来るようになっています。こちらで女装の男性を売物にしているショーを見ると、日本のゲイ・ボーイなどと違って本当の芸術に近いものを感じます。

お寒さの折から御自愛下さいませ。

③表題「ブロードウェイで見た歌舞伎」

〔解説〕『芸能』昭和三十五年八月号（第二巻八号）に掲載。戸板康二《やすじ》宛書簡。渡米歌舞伎団の実情と成果、また観客席の反響等が詳しく綴られている。戸板康二は「これは私あての手紙の形式であるが、有吉さんの諒解を得て、ここに発表することを許していただいた次第である。」と記している。『GRAND KABUKI　CYUSHINGURA』（ACTOR SHOROKU）の台本表紙、シティーセンター劇場、「壺坂」の舞台、また歌右衛門、河竹登志夫等と並ぶ有吉佐和子の写真等が掲載されている。紹介本文は同誌三十一頁～三十五頁に掲載。

＊

ニューヨークは、おびただしく花の咲いた季節が過ぎ、青葉が空を掩っています。もう日中は盛夏のように暑いのですが、夕方からは急に冷えて春寒むを覚えたりしています。

歌舞伎の初日はこういう中で迎えられました。恰度ブロードウェイの演劇関係者が、プロデューサー側と年金制度をめぐって対立し、ストライキに入った直後で、切符は一週間前に売切れてしまっていたので、入りには関係なかったのですが、普通なら同じ時間に出演するので見る機会のない俳優たちが、カブキを見られるとばかりに殺到した観があり、初日に私はクローデット・コルベールやメアリー・マーティン（一番ヒットしている「音楽の音」の主演者）を見かけました。メアリー・マーティンとは幕間に少し話をする機会がありましたが、「勧進帳」の後で「すっかりのぼせていますのよ、凄い迫力だわ」と興奮がそれとわかるような顔つきでした。日本と同じようにここでも外人の中に、いわゆる歌舞伎通なる人々があり、わざとトランジスター・ラジオを使わないで、チョボを批判したりするような類がありますが、この人々の意見は歌舞伎のアメリカ公演に対して、あまり役に立つように思えないので割愛します。かねて先生からお頼まれしていましたので、私は十五分の幕間（二度ありました）の度にごく普通の、つまり演劇愛好家であっても、カブキには全く白紙の状態である人々の意見を集めてみました。その結果やはり演目の選定が何より大切だということを痛感しました。プロットがわかってもわからなくても「勧進帳」はやはり人々の心を打ったようです。太刀持ちや義経を「女か」と質問する人も多かったけれど、そんなことはどうだっていいことなので、理解すべきことは的確に理解していたということは間違いありません。松竹の方の処理も、こと「勧進帳」に関する限り賢明なものだったといえると思います。劇場も狭い狭いと人はこぼすけれど、役者にいわせると帝劇と同じだそうで、私は名古屋の御園座を思い出しました。ブロードウェイにだって、歌舞伎座のようなあんな横の長い舞台はないですから、私は劇場については云々すべきではないと思います。ことにブロードウェイと離れているので、今度のストライキと関係なく劇場が開いているという点でも幸運でした。

さて、問題は、次の二つの演目にあったと思います。いったい「壺坂」や「八ツ橋」は誰のどんな意見で組込まれたのですか。私は理解に苦しみました。お里が沢市にかしずくところは、アメリカ・デモクラシーのためには少し貢献したかもしれませんが、観音さまは心ある人々の失笑を買いましたし、ごくプリミティブな芝居だと理解する人には、勘三郎のクレヴァーな演技に戸惑ったようですし、大道具やプロットに辟易した人々は、喜劇として谷底を受け取っただけです。――が、とにかくこれは一部の人々を喜ばせたことは事実です。何よりの取柄は後味がよかったので、私のごく女の子らしい感想をつけ加えさせて頂くなら、歌右衛門が凄艶なほど美しく、こんな種類の美しさにニューヨークで出会ったのは、ぞくぞくするような喜びでした。

最後の「籠釣瓶」は哀れを止めました。第一にアバタを理解出来ないのです。火傷したのだと思った人が大半で、しかしとにかく美女と醜男の対照と気がついていたらしい。トランジスター・ラジオがなかったら、あの動きのない、せりふばかりの愛想づかしは持たなかったのだろうと思います。が、とにかく致命的だったのは、一つのアクトの中で、幾度も定式幕が締ったことで、終ったと思って帰る人、その幕間に退屈に耐えられず立上る人、と、これは何よりアレンジの仕方で失敗していました。盆も敷いたのですからもっと手ぎわよくやったらよかったと思うのですが、とにかく視界をこう度々（五）シーンをさえぎられたのでは、そんな習慣を持たない観客には耐えられなかったのは勿論です。しかも最後は四ヶ月ぶりで刀を持って尋ねてきて、だまして女を斬り殺すというだけなのですから浮かばれません。いっそ大暴れに暴れて何人も斬り殺すという大立廻りでもやったらよかったのですが、八ツ橋と女中一人を斬り殺してそれでオシマイでは唖気なくて帰りがけの人々は狐につままれたようでした。

アメリカ人はお世辞で鎧っている人々ですから、感想を聞けば「ワンダフル」「マーベラス」「エノーマス」としかいいませんが、こちらでもう一押し、二押し、「本当にそう思ったか」と訊くと、たちまち「最後のは無い方が良かった」「最初のが一番よかった。そしてそれ一つだけだった。でも色が美しいから」「ニューヨークの観客は忍耐強くないので、芝居のよさよりも退屈の方がわかりやすいので」といった工合です。大喜利という言葉通り、派手に楽しく打ち上げてほしかったと思いました。

翌日、各紙一斉に劇評が出ましたが、そして殆どが好意的なものでしたが、何かぱっとしないという印象は否めません。「勧進帳」の演技と型を称賛することは誰も吝しまなかったのですが、あとの二つは故意にか偶然にか、殆ど黙殺されていたように思います。締切時間があるので劇評家は終わりまで見ないで書いたのだろうという人もありましたが。

こんな事を私が正直に書くのは、或はいけない事なのかもしれません。成功・大成功と伝えられているに違いないのですし、私もそれを疑うものではありません。しかし、私は、もっと成功する筈であったと思っていました。もっと観客を魅了しつくすと思っていました。知人から「あなたこそどう思ったか」と聞き返されて、私は沈痛な表情でこう答えたのです。"I'm not satisfied. Our KABUKI is something much more" すると彼らは、私に心から同情し、"Well, you expected too much, didn't you ? and so we did" と言ったものです。が、こんな会話では、それこそ私は満足できません。演目のチョイスが間違っていたという口惜しさは、仮に役者が未熟であったとしても、それよりも遥かに口惜しいものではなかったでしょうか。

日本には伝えられていないかもしれませんが、かねて歌舞伎については劇評家は一流の顔ぶれさえ揃えれば決してけなさないからということが云われていました。それはアメリカの演劇人たちが、すでに宣伝しつくした芸術をけなしたら、けなした方が笑い者にされるからなのです。アメリカのインテリ達の権威主義は、呆れるほどなので、私はこの話は実によく分かりました。

そして、これらの劇評が、後の芝居を黙殺し、「勧進帳」だけを取り上げたのも、積極的な批判を示さなかったのも、この意味で実によく理解できました。しかし、観客は、劇評家より正直です。「籠釣瓶」の芝居最中に、約五分の一の観客が帰ってしまったことを、私は嫌われるのを覚悟で敢えて書いておこうと思います。

そして、もう一つ、「ジャーナル・アメリカ」という、右翼系の（しかも三流紙ではありません）新聞が、かなり大胆に、歌舞伎を批判し、"No emotional impact" と書いていたのもお知らせします。「少しも心を打つものがなかった」という意味です。

「アメリカ人には分らないのだ」と云うべきではないと思います。演劇の観客というのはニューヨークではかなり知的な人々なのですし、歌舞伎も初日を買う人々などは、その中でも上等の人々なのです。殊に、トランジスター・ラジオによる同時通訳など、至れり尽せりの設備の中で、分らない筈はありません。云えることは、日本でも、東京で、団体客でなく自発的な意志のもとに集った少数の観客に、「壺坂」と「籠釣瓶」をこんな不備なアレンジで見せたら、同じ結果だろうと云うことです。

成功は確かに成功ですが、私には残念さが拭うことも出来ずに残っています。二の替りはそのかわり、ずっと反響がよろしいでしょうと思います。「アメリカ」だからという基準は必要ないのだし、それが間違いのもとだったのです。世界は狭くなりましたし、カブキのユニバーサリティは、もっと信ずべきものでした。

初日の成功は、もう一度まとめて申しますと、全体的な意味で「勧進帳」があげられ、「籠釣瓶」の仲之町と茶室のセットは役者の一人もいないときに拍手でした。長谷川の手柄です。そして最後に特筆すべきものは、ドナルド・リッチー氏と渡辺美代子さんのトランジスター・ラジオによる同時通訳の功績です。これが、どれほど効果的だったかは、実際に使った人でなければ分らないかもしれません。渡辺さんのは如何にも女性らしい気のつかった優しい解説と翻訳でした。

リッチー氏のは、素晴らしい名訳と、役者はだしの名口演で、私は愛想づかしの台詞など英語の方に聞き惚れたくらいです。いい人が見つかったものだと思いましたし、歌舞伎の英訳はいくつか読みましたが、彼ほど直截的に摑んだ人はいなかったような気がしました。

「夜毎にわかる《（ママ）》枕の数――」など、まさにシェークスピアの抒情がありました。「籠釣瓶は、斬れる、なあ」はたっぷりと、"It.-Cuts well."ときかせました。今度の歌舞伎の成功に当たって、この人々の力は数え落してはならないものだと思います。毎日々々マイクを前の、台本と舞台をにらみながら三週間続けるのですから、役者なみの労働なのです。

毎夕八時からの芝居で、日曜は休みですし時間の豊富な日常で、役者さんたちは羽をのばしていますが、各人各様で私には色々面白い発見がありました。中々一人歩きのできない弱虫もいれば、一人で英語も喋れないのにどこへでも出かけて行く人があり、観察しています。先日、私はデートで五番街を急いでいましたら、又五郎さんに出あいました。彼は一人でスマートな背広姿で、歩いていたのですが、少しもエトランゼのようでなく、自然で、のびのびしていたのが印象的でした。歌舞伎を担っている人々がニューヨークの五番街に立っていても少しも不自然でないというのは「時代」ではないでしょうか。私はまざと〈まざまざと〉歌舞伎の栄光を見た想いでした。「要するに、それほど大変なことではなかったのだ」と私は一人でうなずいていたのです。一九六四年に、リンカン・センターが出来上がれば歌舞伎ばかりでなく、日本の芸能がもっと頻繁に招かれるようになるでしょうが。騒がず、自然に日本と同じ気持ちでのればいいのだと思うことです。

六月十日、二の替りの歌舞伎を見ました。九日が第二プロの初日でしたが、私は生憎と他の切符を買ってあって（二ヶ月も前から）行くことが出来ませんでした。予想通り、二日の初日より評判がいいようなので、安心したせいもあります。

さて「道成寺」「忠臣蔵」「身替座禅」のこの三幕は、歌右衛門、松緑、勘三郎の三人の演目として、それぞれ危げのないものでしたが、観客の反応がこの堅実な幕々に対しては、こうも違うかと思うほど違っていたのには驚かされました。「道成寺」では女形の美しさ妖しさというものがわかったようでしたし、多くの人々は、トランジスター・ラジオの解説を終わりごろには聞かなくなっていました。解説の必要のなさがわかったらしいのです。多少のアレンジはしてあったせいもあるでしょうが、誰も退屈しなかったようです。歌右衛門丈も熱演でした。鐘に上ってからの凄絶な表情には息を呑まされましたし、それまでとがらりと変って化粧の顔になったことを指摘して、幕間には興奮していた人々がいました。「忠臣蔵」は大序には又五郎の桃井が、キメ、キメのわかりやすさを出していたので助かったようですし、私も実に今回は立派な演劇なのだと思い知りました。戯曲そのものがまず何よりよく出来ているのだと思います。観客は充分それに吸収されていました。シーン毎に定式幕が引かれましたが、その瞬間のドラマの余韻を味わうことに熱心な観客は、その幕間の退屈は全く覚えなかったのです。「籠釣瓶」で、私はアレンジの仕方に難があると申しましたが、実はもっと本質的な問題であったということがわかりました。

「忠臣蔵」は何より勝れた演劇であったのです。お軽《かる》勘平の件はカットした上の部で、城の外の由良之助まででしたが、判官の切腹はセレモニーの雰囲気に観客はすっかり浸って緊張してしまいました。地味な思い入ればかりの由良之助の芝居にも、完全に従うことが出来たようです。松緑へのアンコールは凄いものでした。それに応えて由良之助の沈痛な面持を崩さずに一輯《(ママ)》していた松緑はまことに立派でした。芝居通めいた言い方を一行だけ許して頂けますなら、この日の顔《かお》世《よ》(歌)〈顔世御前の歌のこと〉は、私の見た顔世の中で最高でした。結構な出来だったと言えると思います。

「身替座禅」は、もう勘三郎が舞台に現われるなり拍手で、徹頭徹尾エンジョイしたと言えます。賢明な演目のチョイスでした。恐妻がアメリカ人に受けたというより、「身替座禅」そのものが受け入れられたのだと言うべきだと思います。松羽目《まつばめ》もの、狂言もののユニバーサリティだったと思うのです。

この夜、私は熱狂して拍手をしている観客の間を縫って劇場の外に出ながら「かけねなしの成功」を感じていました。同じ日本人として誇らかな気持ちでした。キモノを着ているのが実にいい気持ちでした。

ニューヨーク・タイムズの劇評は文字通りベタ褒めでした。グランド・カブキのグランドの小さいものがあったといい、松緑の由良之助、勘三郎の判官を激賞してありました。

成功でした。大成功でした。

そしてその成功の鍵は、外人を対象として行なわれたチョイスではなかったということだと思います。正直に言って、私はこれほど充実したプログラムは日本でも見なかったように思います。不勉強な不満な〈舞台は〉、一幕もなく三つを三つともそれぞれエンジョイできて、私は私自身でも大変に興奮していたのです。久々で舞台に酔いました。「日本人がこれだけ感動したのですから、アメリカ人にわからなかった筈はないのだ」と、私は幾度もつぶやいていました。どこにも難のない成果だったのです。この日、劇場に来た日本人はみんな満足して帰りました。ですからこの日、劇場に来たアメリカ人は、みんな大そう興奮して帰ったのです。第一プログラムのときの反応とは大違いでした。それは二つの劇評を比較してもよくわかります。今度は劇評家が興奮して筆をとっているのがわかるのです。

大成功でした。

その日から私のところにアメリカ人の友だちが、ジャンジャン電話をかけてきます。みんな、きかれなくても感想がいいたいらしいのです。私は、微笑しながら応対しています。

④「吾妻徳穂よどこへ行く」

〔解説〕『日本』昭和三十四年六月号（第二巻第六号）に掲載された。リードに「舞踊界の異端児といわれながらも四回にわたる『アヅマカブキ』の海外公演を敢行し、今度はアメリカ永住を決意した吾妻徳穂――この革命児の生活をつぶさにみた筆者の描く人間徳穂の横顔」とある。紹介本文は、同誌一三三頁～一三五頁に掲載。一三四頁に「時雨西行」を踊る徳穂の写真が掲載されている。なお、ここに書かれた二人の関係は、吾妻徳穂『踊って躍って八十年――想い出の交遊記――』（読売新聞社、昭和六十二年十一月）収録の「有吉佐和子さんのこと」によって補充することができる。

＊

去る三月十五日付の東京中日新聞に、「雷」という匿名氏が、「吾妻徳穂を送る」と題して、こんな一文を寄せていた。これから私が書きたいことを、それに添って綴ろうと思うので、ここにその全文を転載して、私の序文に代えさせて頂く。

《吾妻徳穂さん。とうとうアメリカへ行ってしまわれるのですね。今度の渡米は、アメリカで市民権を得て、永久に居住するためだとか。もう日本では、二度とあなたの舞姿に接することはできないのでしょうか。ほんとうにさびしいことだと思います。／日本のりっぱな古美術がボストンへ行かなければ見られないように、徳穂という無形文化財にもアメリカへ行かないと接することができないのです。／名人藤間政弥《まさや》にたたきこまれたあなたの芸は、あなたぐらいの年配の舞踊家には見られない背骨が、ピンと一本通っていました。いわばデッサンのある舞踊だったのです。あなたはそれに肉をつけて、女性の舞を作りだした。カブキという男の芸の影響から舞踊を解放したのです。これは誰かがやらなければならない古典と現代とをつなぐための大問題だったのです。それをあなたはやりとげた。この功績は舞踊史上に特筆されることでしょう。／かなしいことに日本ではあなたのデッサンのある芸をほんとうに理解する力が、もうなくなってしまった。しかし、デッサンのある芸は、世界のどこへ行っても認められるものです。アヅマカブキに拍手を送ったアメリカの社会は、さすがに芸術の世界的視野に立っていたと感心します。／あなたはもう日本の舞踊界に何の未練もない。そこは芸よりもハッタリやオモイツキだけが通用する世界です。あなたがやりとげたような改革や、外国であなたが示した芸術の受けとられ方に対する世界的視野に立った評価などは、そこには少しもないのです。オセジ、ヒクツ、ヨウリョウ、そういった軽蔑すべき悪徳だけが、かっさいをもって受け入れられるところなのです。／吾妻徳穂さん。あなたは良い潮時に日本を見かぎりました。どうかアメリカへ行って、あなたの芸術を、あるがままの姿で評価して受け入れてくれる人たちの間で、幸福な余生を送ってください。ホームシックが起っても、日本人があなたにあたえた迫害の数かずを思い出して、たえしのんで下さい。／永久のさようならをいわせて下さい。永久に、さようなら。(雷)》

この一文を読んだ夜、私は久々で吾妻徳穂に電話をかけた。もちろん、彼女がまだ知らなければ、電話口で読み上げてあげようと思ったからだ。

「読んだ、読んだ。私も今読んだところだったよ」

「そうですか。よかったですねえ。見ている人は見ている、分る人には分かっていたことなんだって、私はつくづく思いましたよ」

「本当だ、日本人もバカばかりじゃないねえ。久しぶりで胸が晴れた。だけど、この雷って誰だろう。有吉さんは思い当たらない？」

「さあ、誰なんでしょうねえ。経緯がすっかり分って、これだけズバリと云えるのは」

吾妻女史にも私にも皆目見当がつかなかった。その気で調べれば新聞の匿名子の覆面など簡単にはげるものだと知っていたから、

「誰かに頼んで調べてもらおうか」

「そうですね、これで日本とお別れなんだから会ってお礼を云っても情実にはならないでしょう」

それだけでその話は終り、後は例によって彼女がこれから始める新しい生活への設計図が着々進捗しているということを大声で私に喋べり出した。それはお世辞にも美声と云えない声であったが、受話器を耳に当てて適当な相槌を打ちながら、私は珍しく感傷にとりつかれていた。

「どしたのオ、有吉さん。あんた元気がないねエ」

「そんなわけじゃないんですけどネ、この新聞見たり、そんな話を聞くにつけても、ああ苦労したなあと思い出してたんです」急に女史の声も湿って、

「そうだよオ、あんたにも随分親身になってもらった。だけど、もうあんな苦労はご免だ。徳穂は羽をのばして飛んで行くんだから、あんたも喜んで頂だいよ！」

無理やり勢のいい言葉でしめくくった。

人づかいの荒い女史

こんな会話を例に出しても分るように、吾妻徳穂女史と私との繋りは、殆ど肉親のそれのように強いものなのである。そもそもは、第二回アヅマカブキの前後約一年半の間、私が女史の秘書をしていたという関係から生れたものだが、女史のむやみと荒い人づかいと、奉公人にしては歯ごたえのありすぎた私と、幾度も火花を散らしたり、憎みあったり、ともかく二人して激しい時間を共に持ったということが、私たちの今日の絆を鍛えたのである。

私たち——という言い方を私がしては不遜かもしれない。吾妻徳穂は当年五十歳で、私はまだ三十に手の届かない若さの至らなさである。が、それにもかかわらず、彼女は私が言う言葉に耳を傾け、あるときは差出た指示にも従ってくれた。「あたしはガクがないからね。あんたはインテリさんだから、私より利口にきまってる。だから話はきくんだよ」

こう割り切って、アウテリ〈インテリのインをモジったか〉の私を苦笑させるかと思えば、機嫌の変わりやすい性格だから、俄かに雲行きがあやしくなって、

「何言ってんだい、あたしだって無駄に齢はとってないよ。踊ればお前さんより上手いんだ!」

と癇癪を起した。お前さんと呼ばれた私は生れて一度も日本舞踊を習ったことがないのだから、踊りが吾妻徳穂より下手なのは当り前の話である。こんな子供のような啖呵を大真面目で切るのが、大芸術家なのだから、私には面白くて仕方がなかった。

個人的には秘書となって以来今日まで五年そこそこのつきあいだけれども、私が始めて吾妻徳穂の存在を知ったのは、もうかれこれ十年ばかり昔のことになる。たしか藤間寿枝さんの引退披露で、劇場は新橋演舞場だった。今は亡き夫君藤間万三哉《まさや》〈政弥と同人物〉と二人で舞った「時雨西行」——能の「江口」から材を取った舞踊で、清元が名曲でありすぎて良い振りが仲々つかず、踊り手のもてあましになっていた曲目だとは後でき、徳穂が万三哉と姦通罪に問われて後、再出発するときこれを夫妻して創りあげたといういわくのある作品だと、これも後できいた——そのときの舞台姿は私の目に今でもありありと残っている。江口の里で時雨に悩まされて遊女の家に雨宿りした西行法師が、その遊女の舞姿から日頃信仰している普賢菩薩の御姿を発見すると

いう筋であったが、江口の遊君を□〈一字不明〉踊りで舞う吾妻徳穂の姿は、この世のなかにこんな尊いものがあるのかと私を愕然とさせるほど美しく気高かった。菩薩位にある芸術家を私は自分の眼でみたと思った。

私が日本舞踊ばかりでなく、日本の伝統演劇に興味を持ち始めたのは、これが契機となったようである。それまでの私は、平凡な銀行員の娘で、両親は大正から昭和初期のいわゆるモボとモガ〈モダンボーイとモダンガールの意〉であり、家の中には古い日本の陰影など何処にも見られないという生活環境だったのだ。数年後、偶然から吾妻女史に招かれて秘書に落着いたのは、その最初から考えれば因縁浅からぬものがあったと言えるかもしれない。

ところで、「時雨西行」の高貴な舞姿から想像していた吾妻徳穂は、私の期待を悉く《ことごと》裏切ってしまうのに旬日を要しなかった。ブロードウェイの脚光を浴びたマダム吾妻は、思いがけぬ赤字に消沈して帰って来たところが、日本では思いがけぬ称賛を得て、一躍大芸術家に扱われ、完全に慢心しているところなのであった。チューインガムを噛み、長襦袢のように派手な着物を着て、耳をふさぎたいようなひどい片言の英語を操る。

「さあ、ビジネスだよ。何処と何処に電話をかけて、先生は今日は御在宅ですから来るようにと言っとくれ！」

いきなりハッパをかけられて、どぎまぎしている私の耳に、

「お前さん、それでも大学を出たのかい。一度言われて分らないのか。あたしゃ小学校もろくすっぽ行ってないんだよ？」

毒舌というより横ッ面を張るような気合であった。

今になって振返ってみても、私にはその頃の思い出が清々しい。理屈とか主義主張が何より大切なインテリのインテリ臭さを、私は彼女のもとですっかり洗い落すことができたからである。

私は彼女の許で、行動の精神を学んだ。自分の仕事に対する烈々とした気迫と、そのために全霊をあげて悔いない女性像を、私はこの目で見てしまったのだ。

彼女の言うこと、すること、命じることの殆どは、理にかなっていなかったけれども、私がその非を糺す前に、彼女の言いたいこと、したいこと、望んでいることを察知しようと勤めたのも、私自身に彼女の本質から学ぼうとする気があったことで了せたのかもしれない。

あれだけの名人芸を持つひとが、ステージのある前夜、それも深更に俄かに目覚めて、

「あ！　明日の道成寺、踊れるかしら、心配になってきた。有吉さん、テープ、テープ」と、隣に寝ている私を叩き起すのである。

テープレコーダーを廻して、気になる件りを寝巻のままで一通り踊ってから、

「ああ踊れた！」

そう云うと、もうベッドに飛び込んで、ガーッと眠ってしまう。

寝付きの悪い私は、幾度こんなめにあわされて苦しんだことだっただろう。秘書が、こんなにもこき使われるものだとは知らなかった。私は殆ど家に帰してもらえず、彼女の活動中終始同じように緊張していなければならなかったので、小説の方がそろそろ芽を吹き出しそうだったのに、何を書く暇もない忙しさだったのである。しかし、そのかわり私は一年間というものを完全に吾

妻徳穂と共に生きたように思える。その間、有吉佐和子という人間はいなかったのだから。

暗号文の日記

第二回のアヅマカブキとヒューロック・カンパニーとの契約もひどいものだった。玄人の興行師ならば手の出せぬような、こちら側には不利な条件が並んでいた。衣装・かつら・楽器等の仕込み費用は、贅沢なものを揃えたいという彼女の一歩も退かぬ希望の強さに、費用はかさむ一方で、そんな世界には素人の私でもハラハラするような出立準備だった。

お金を集める、踊りの稽古、挨拶まわり、出立間際まで出演者交渉に歩き、その間日本に残す弟子たちのことも考えねばならない。最初の約束では、第二回アヅマカブキ出立までの手伝いということであったのに、出発を一週間前に控えて、

「有吉さん、後事の一切はあなたに任せます。いいね、頼んだよ！」

ウムを云わさぬ裂帛の気合である。その勢いで、月給も半額にする旨云い渡された。責任が重くなるのに、支払いを減らすという心理は私には解せなかったが、それを黙って引受けたのだから私の方もいい加減なものだ。

かくて十ヶ月、一行三十名が飛び立ってしまった後には不義理して払い残した借金が、あちこちから出てきて、私はその返済方法も分からず途方に暮れた。とにかく稽古所の弟子を減らさぬように、代稽古の名取たちに一生懸命やってもらって、それから後援者の家を廻って頭を下げ、いくらかのお金を融通してもらったが、こんなことは始めてだったから夢中で、今思い出してもどうしてやりぬけたのだろうと思うくらいだ。

師匠関係でもなく、封建主従関係でもなく、いわば一期半期の奉公人にすぎない私が、なんでこんな苦労をしなければならないのかと、腕を組んで考えこむこともあったが、そんな私を追いまわすように、徳穂女史からの手紙が頻々と舞い込み、やれカンザシを送れ、足駄を送れ、誰のところへ行って何を伝えろと命令しきりである。その上彼女の「日記」なるもの、これが毎日々送られてくる。その清書に私は一番大きな悲鳴をあげたものだ。ことごとく、これ暗号文のような日記なのであった。第一に文字が読みにくい、ようやく読めても誤字と脱字ばかり、それをやっと埋めて、今度は意味が分からない。分かるのは彼女が団員の誰彼とアツレキをかもし、怒りたいのだが怒れば旅先でどんな返報をされるか分からないので、やむなくその怒りを私に宛てた日記の中に叩きつけている——ということだけであった。

気性の烈しい彼女だった。およそ、我慢というものには二種類あって、しても何の役にも立たぬ我慢は絶対にする必要がないという生き方をしてきた彼女の半生である。その中で、する必要のない我慢をし続けたのは、おそらくこの十ヶ月間だったかと思う。いつもはどんな苦しいときにも彼女は愛する人と一緒にいることで耐えぬいてきた。それが、この期間で、夫であった藤間万三哉との決定的な溝を深めてしまったのである。吾妻徳穂が、男を愛することを失って、ただ踊りだけで生き抜いた月日であった。

再度好評を博して全米巡業を終えて帰国した彼女を、羽田空港に迎えたとき、

「有吉さん……！」抱きついて、彼女はぽろぽろと涙を流した。

「先生……」私も一瞬、声をのんで抱きしめていた。十ヶ月間で、彼女の首も肩も、驚くほど痩

せこけていた。

三日後、吾妻徳穂と私の二人は、総ての人々に所在を知らせず、伊豆の旅館の離れで二人きりで向いあっていた。ともかく静養をさせなければならない、と私は思っていた。彼女からは想像以上に殺伐たるものが感じられたのだ。今度は大丈夫だと思っていたのに、概算して八百万円ほどの借金が残ってしまったのだ。第一回の分と併せて、千二百万円余……。赤字の打撃に加えて、万三哉との離婚を考えていた彼女は、立上る気力はないようなものだった。

「もう踊りはやめたよ……」そう云った彼女の、暗い、死んだような眼つきを、その前にも後にも私は見たことがない。私は慄然としていたが、糸の切れた操り人形のように目の前に力なく坐っている彼女を、そのまま見守るには私は年齢的にも包容力が足りなかった。

「踊りをやめて、それで何をやろうっていうんです」

皮肉るような、オチョクるような口調に、彼女は険しい目をあげて、

「お前さんと違って私は台所仕事は一人前以上にできるんだからね。家政婦になったって、自分一人は食べていけるんだ」

「へへえ、家政婦になりますか」

私はブッと噴き出した。彼女も私の目を見て、ようやく苦笑した。なんとかして、暗がりから立上ってほしいと云っている私の気持ちが通じたのだった。

過去の名声のために

「あの伊豆での三日間を思い出すねえ」

この正月も私たちは二人きりで箱根で元日の夜を迎えたのだったが、そのとき徳穂女史はしみじみと云ったものだ。

「あの三日間、あんたのように憎い人間がいるかと思うようだったよ。弱ってる私を慰めるどころか怒らしてばかりいたんだもの」

「そうでもしなきゃ自殺しちまうんじゃないかって、心配でたまらなかったんですもの。私は思い出してもぞっとしますよ」

「そうだった。まっ暗だったからねえ」

世間は、ただ豪勢な彼女の仕事ぶりしか見ていないけれど、私は彼女の暗い谷間を、この他にも三度ばかりのぞいている。気の強い、思うことは何でもやり遂げる人だと世間は見ているが、私の見る限りでは彼女ほど思惑外れで世の中を渡ってきている人はないような気がする。が、思惑が外れたとき、そこで居直ってみせるのが、彼女の場合は演技よりも必死の信仰に近く、それが吾妻徳穂の今日を築いたのだとも、私は思う。

「金は儲からなかった。借金は山とできた。だけど吾妻徳穂の名は世界的になった。この名声を無駄にしたら、もう私の余生はない」

それが、今度の渡米なのだ。

日本の舞踊界は、他の世界では想像することも出来ないほど生きにくいところだ。その限られた世界の人々によってのみ支えられている芸術だから、作品も狭いし、それを作っている人々の心も狭い。彼女のように市村羽左衛門と藤間雪後〈政弥の別名〉という両親に守られて、派手にデビューした舞踊家でさえ、その才能にもかかわらず「いやなおもい」はもういやだというほどし尽してきた。この経緯は冒頭に〈記〉した「雷」氏の言う通りである。だが、これは決して彼女自身の口から出た言葉ではないが、日本を見限ったとするなら、それは今度の渡米ではない。第一回のアヅマカブキが、すでに日本の舞踊界に見切りをつけた行動だったのだ。

経理の方にはうといものだから、彼女ほど金欲物欲の旺盛な人を私は他に知らない。が、それが経理にうといものだから、毎度思惑外れになるのだった。アヅマカブキにしても、踊りが興行にならない日本に、彼女がつくづく詰まらなくなって飛出して行った形なのだ。その証拠には、三月二十六日の壮行会で、

「五十になるまで踊り続けて、それで興行にならない筈がないと思ったんです。それで、興行のできる国があるから私は行こうとしているのです。アメリカは、日本のように芸術家の私生活に立ち入ることはしないし、意地悪く足をひっぱる者もいない。何の色眼がねもかけずに、作品を見て、買えるものなら買ってくれるところです。だから私は出かけるのです」

彼女はこう言明している。行って帰ってくるから、人件費や旅費がかさむから赤字になったアヅマカブキなのだ。それなら永住権を得て、単身渡米して腰をすえてかかれば、誰にも迷惑をかけずに暮らすことができるのではないか――という計算なのだった。

アメリカへ行って何を、どうやるつもりなのか。具体策を誰にも明かさない彼女だ。私も徒《いたずら》にそれを憶測するのは慎もうと思う。ただ、壮行会で年来の友人である今日出海《こんひでみ》氏が、

「まあ行っておいでなさい。そして、いつでも帰っていらっしゃい」

と滋味ある言葉を贈られたのを、私も秘かに彼女を送る言葉としたい。

今度また思惑が外れたら、どうするのか。そのときの暗い谷間に、かけおりて彼女を抱きしめることのできる身近な人が、アメリカにいるのかどうか――私には不安でならないけれども、またその後で起ち上る吾妻徳穂を信じ、予想外の経済的な成功と平和な老後が、必ず彼女を訪れるように祈ってやまない。

＊

おわりに ――「解説」にかえて

有吉佐和子年譜には、出生（昭和六年一月二十日）から、昭和二十四年（十八歳）の項目までが欠落していた。奥野健男氏が「最近の新潮社刊の有吉佐和子集の年譜に、年次はわけていないが、二十四年までの生い立ちがはじめて書かれている」（「有吉佐和子――エトランジェの目」『日本の文学75』、中央公論社、昭和四十四年二月、五二六頁）と記している通りである。「最近の新潮社刊の有吉佐和子集」とは『新潮日本文学57　有吉佐和子集』（昭和四十三年十一月、初版発行）のことである。著者自らが「加筆、訂正」を加えたと注記のあるこの「年譜」の「昭和三十四年（一九五九・二十八歳）の項目には次のようにある。

《一月、本格的年代記ものの最初の作品「紀ノ川」を『婦人画報』（五月完結）に連載し、これによって文壇的地位を確立した。二月、「祈禱」を『文学界』に発表。六月、菊五郎劇団のため

「石の庭」を執筆、歌舞伎座で上演。八月、最初の新聞小説「私は忘れない」を『朝日新聞』夕刊（十二月完結）に連載。十一月、ロックフェラー財団の招きにより、ニューヨークに留学、サラ・ローレンス・カレッジに学んだ。翌年八月、アメリカを発ち、ヨーロッパ十一ヵ国を巡って十一月十六日帰国。この間約一年、執筆はほとんどしなかった。》

本稿に紹介した資料①②③は、ここに「ニューヨークに留学、サラ・ローレンス・カレッジに学んだ」と記述される当時のものである。先般発行された『有吉佐和子の世界』（翰林書房、平成十六年十月）収録の「年譜」には、それらのタイトルが紹介されているが、内容については不詳である。その内容を通覧することによって、当時のアメリカでのカブキの現状と、それに対する有吉佐和子の関心の度合いが窺われて興味深い。また④の吾妻徳穂との関わりについては、同じく、新潮社版の「年譜」に「二十九年（二十三歳）七月より三十一年五月まで舞踊家吾妻徳穂の渡米中、アヅマカブキ委員会のコレスポンデントとして秘書の役目もはたし、渡米中の事務連絡にあたり、演出なども手伝った。」（七二七頁）と記されている。

吾妻徳穂著『踊って躍って八十年―想い出の交遊記―』（読売新聞社、昭和六十三年十一月）の「有吉佐和子さんのこと」に「私より年下だったけれど、あの人は私にとっての〝薬〟でした。私に非があるとき、ずけっと言ってくれる人でした。」（一二七頁）とある。また、二人の出会いについては、「知人だったロン・バリーというイタリアの方から、内村直也さんを通じて知っている有能なお嬢さんがいるから一度会ってみては、とお話があり、宅へお越し願って初めてお会いしたのが、まだ大学を出て間もなくの有吉佐和子さんでした。／おカッパのような髪型で、当時としては、かなり背の高いお嬢さんでした。」（同書、一〇七頁）と回想されている。

第一回アヅマカブキを終え、吾妻徳穂がアメリカから帰国したのが昭和二十九年六月、翌昭和三十年再び渡米を控えた彼女が、その留守宅を預けたのが有吉佐和子だった。有吉佐和子は、知られるように学生時代から「歌舞伎研究会」に所属し、『演劇界』に出入りして、当時の編集長・利倉幸一の許でインタビュー記事などを手掛けていたのであった。また、有吉佐和子は、吾妻徳穂の演じる「時雨西行」の遊女を観て感銘を受けていたのであった。出会うべくして出会った二人であったと言うべきかも知れない。

昭和五十九年（一九八四）八月三十日、有吉佐和子は、急性心不全のため自宅で亡くなった。彼女の母・秋津に頼まれて佐和子の唇に紅を差したのも吾妻徳穂だった。有吉佐和子が、生前よく訪れたという自宅近くの杉並区堀之内妙法寺境内には、「有吉佐和子之碑」が建つ。発起人は、「竹本越路大夫、杉村春子、山田五十鈴、吾妻徳穂」である。碑は、有吉佐和子一周忌を前に建立された。

有吉佐和子文学の原点は、歌舞伎・舞踊等を巡る芸能の世界にあり、その本質を押さえるためには、埋没したそれらの資料を丹念に発掘し、公表する作業を継続しなければならないと思う。「有吉佐和子」に関する文献は、すでに歴史的な共有財産として、検証されなければならない次元に至っているからである。

【付記】ここに紹介した資料は、掲載紙誌の複写を基に忠実に再現したものです。但し、ごく僅かながら、明らかな誤字・脱字は修正し、また今日にあって、意味の難解な表現等には〈　〉内に注記、または説明を加えました。

ii　訪問記　――「歌舞伎の話を訊く」(抄)――

はしがき

有吉佐和子は、昭和二十七年三月に東京女子大学短期大学部英語科を卒業、学生時代から出入りのあった『演劇界』の嘱託として、当時各界で活躍する著名人を訪ねて訪問記を書くことになる。平均四〇〇字詰め原稿用紙に換算して、一回分約十枚程度の分量である。その最初が、表題にしるした「歌舞伎の話を訊く」である。これは、同年七月発行の『演劇界』に掲載された渡邊美代子から始まり、以降、A・C・スコット、戸塚文子、真杉静江、山口シヅヱ、ロムバルディ、花森安治、幸田文、西崎緑、R・A・カーズン、小堀杏奴、網野菊、佐藤美子に至る、十三人に及んだ。この訪問記事が好評を博したとみえ、彼女はさらに「父を語る」を同誌の昭和二十八年十二月号から翌年の十二月号まで、十二回にわたって連載した。(同誌四月号は休載。この月は、小説「落陽の賦」を『白痴群』(六号)に掲載している。)

このような「訪問記」を通じて、有吉佐和子は、日本の伝統芸能と欧米演劇との相違や意義について深く考える機会を得た。その結果において、作家としての出発を果たしたともいえるのであり、「地唄」（『文学界』昭和三十一年一月）をはじめとする初期作品群には、当時の体験が大きく反映している。ここに紹介するのは、それらの未公刊の訪問記事の抄録である。

本書収録の際の方針は、冒頭に掲げる【凡例】に従った。また、その目的は、有吉佐和子の文学的出発期における時代的特色と、その背景とを知り、当時の知識人における歌舞伎の受容と、その態度とを確認することにある。そして、この訪問記を書き続けた有吉佐和子に胚胎する、思想の萌芽を知ることにある。

なお、各訪問記事の冒頭には有吉佐和子による訪問相手の紹介文がある。なお、本稿ではインタビューの聴き取り箇所を「　」で表した。インタビューの最後に、記者（有吉佐和子）の感想が付されている場合には、それを〈　〉内に記した。初出掲載誌を、各末尾に記載した。

【凡例】

（一）初出誌を底本とし、読みやすいように適宜句読点を施した。ルビは取捨した。

（二）採録は、インタビューを受けた人の歌舞伎と、それに関連する考え方が伝わる箇所に留めた。

（三）採録は、当時の歌舞伎の状況と時代の特色が語られている箇所に限った。

（四）原文は旧漢字、一部旧仮名遣いであるが、ここではすべて通行の字体に改め、仮名遣いは現代の仮名遣いとした。また送り仮名の不統一なども統一した。

（五）採録記事中、小見出しや、必要と思われる箇所には、ルビを含めて、適宜〈注記〉を加えた。

（六）掲載誌により、形式や字句等の不統一があるが、明らかな誤字・誤用を除き、原則として底本のママとした。

（七）原文タイトルには、総てに「○○○○さんに歌舞伎の話を訊く」などのようにあるが、本稿では、「○○○○さんに歌舞伎の話を訊く」の箇所を割愛し、肩書・個人名のみを示した。

＊

☆歌舞伎研究家・渡邊美代子

渡邊美代子さんは昨年八月渡日、歌舞伎の研究をする為に留学している米国二世。ロスアンゼルスに生れ育って、カリフォルニア大学で語学を専攻し、傍らロ市〈ママ〉の女歌舞伎一座の座頭というコワイ肩書を持った人だ。日本女子大で英文科教授として教鞭をとりながら、三味線や、おどりの稽古に励み、河竹博士や川尻氏などの下で歌舞伎研究を、そのあいまに出来る限り歌舞伎は勿論踊りを見る——そんな忙しい生活の渡邊さんを或日、目白は女子大の明桂寮に訪れた。「（中略）〈「日本人がもっと歌舞伎を見なくては」の見出し、以下同じ〉日本へ来てこちらの若い人達と話をして驚いたのですけれど、多くの人達が、歌舞伎は判らないというのですね。そして台詞が難しいという理由を必ずあげます。でも、台詞が難解だから歌舞伎が解らないというのは理屈にならないのではないかしら。現に私は、日本人より日本語が判りませんし、それに歌舞伎へ行く度に白人の方達にお会いしますが、その人達は私よりもっと判らない。でも歌舞伎は面白いですかと聞くと、殆どの人が面白いと答えますよ。中には毎興行欠かさず見ているファンもある程です。本当に「芸術は言語と関係がない」と思います。言葉が判らないなら、では視覚だけで歌舞伎の豪華な雰囲気を味わうのかとおっしゃるでしょうが、そうではありません。歌舞伎の台詞にはリズムがあります。（略）言わば、歌舞伎の長い伝統《トラディション》が生んだリズムなのでしょうが、それさえ判れば、あゝ今は悲しいのだな今は心の中で喜んでいるのだなとすぐに理解することができます。白人達が歌舞伎を見て判るというのは、型の美しさにうたれるということもありましょうがこの点も又大きいのです。勿論、日本に来ている外国人の皆が皆、歌舞伎を理解する人達であるとは言いませんが。／私が日本へ来てとても残念だと思っているのは、日本の人達が、外国から入ってくるものにばかり気をとられて、日本のよい点をあまり省みないことです。（後略）」「〈ロスアンゼルスの女歌舞伎〉（前略）座員は大体十数人を出ない位で二十前後の人達です。一人の先生の指導下で、プロではありませんが、まあ一つの慣習みたいに毎年発表する、ロ市の名物のようなものです。先生はもう六十過ぎの、もと大阪で役者をしていらした方です。日本に二人御兄弟がいると聞きましたが、先生の芸名も、又その他の詳しいことは何も知りません。／レパートリーは沢山ありますが丸本物が主で、もとより女ばかりですし、皆それ程背の高い人達はいませんから、私は立役を務めました。太功記の光秀、陣屋の盛綱、などです。数が多いので一々あげられませんけれど日本にいらっしゃる方達で、ロ市に来られて私達のを御覧になった方が多勢あるのですよ。」「〈日本へ来て〉（前略）ロスアンゼルスでは勿論、実物の歌舞伎を見ることは不可能でしたが、映画で——それも歌舞伎映画ではなく、普通の映画の一コマに歌舞伎の舞台面が出たりするのを熱心に見たものでした。それを土台にして、それに自分の演《や》っている歌舞伎をあわせて想像していたものより遥かに〳〵立派なものでした。／古典歌舞伎と世話物とでは、私は断然古典です。こゝの歌舞伎研究会の生徒さんの中に世話物こそ歌舞伎だという人達がいるのですが、私はそう思いません。世話物には、歌舞伎の要素《エレメント》よりも、現代劇《モダン・ドラマ》に似たものが多いと思いますね。台詞にあるリズムも古典にある歌舞伎的な古風なものとは違ったものに感じますが、でも、世話物にあるかけ台詞は素晴らしいと思いました。あれは、欧米のドラマには全くなくて、しかも仲々勝れたものだと思います。（後略）」「**〈帰米後のプラン〉**（前略）歌舞伎実演のグループについては、こちらで得た舞台知識をすぐに伝えるつもりですし、色々と舞台そのものにある根本的な相違を造り直して貰うようにし度いと思っています。何しろ日本の、歌舞伎をやる為の舞台とは違うのですから、やっている芝居までまるきり変ってしまうこともあるわけで、これは是非頼んで見ようと思います。／それから背景が全然こちらの方が美しいのです。背景一つでやっている役者《プレイヤー》の気分まで違って来るのじゃないかと思いました。（後略）」「**〈渡米する歌舞伎について〉**（前略）歌舞伎がアメリカ巡業に出るということは大賛成です。どれだけ多くの人々が、どれだけ熱狂して歓迎することでしょう。是非行って欲しいと思います。／けれども、歌舞伎が行くことについて、むこうの受取り方を考えるあまりに、演目について理解しやすそうなリーズニングのある新作を持っていくことには反対です。ヘンに妥協して、安っぽいものを持っていくよりやはり古典を守って、立派なものを―日本で立派だと評価されているものを、そのまゝ持って行って欲しいのです。それをアメリカ人が理解し難いのではないかという懸念は、始に申しました様に必要のないことでしょう。古典にはリズムがあります。新作にはありません。／たゞその際、観客のサイコロジーを巧に利用して、始に、たゞ美しい日本舞踊を見せて、眼を引きつけておき、次第に古典作品へと移って行く様な、狂言の並び方の工夫をしたら良いのではないかと思います。（後略）」

（『演劇界』昭和二十七年七月号）

☆英人歌舞伎研究家・A・C・スコット

歌舞伎座で外人の観客をみかけるのは、もう珍しいことではなくなった。有名なKABUKIを話の種に見ておこうというのが大部分であろうが、なかには全く歌舞伎に魅せられて御常連になっている人々も多い。ある日その一人であるA・Cスコット氏を訪ねた。イギリス文化振興会の日本駐在員として昨年秋以来、歌舞伎の研究を続けている英国人である。英国王立美術学校出身の画家。四十三歳。「演劇界を御存知ですか」と尋ねると、「知っています。歌舞伎の雑誌、よい本ですね」との返事。（略）

――日本語はあまりお出来にならないそうですが、観劇の下準備はどうなさいますか。

「以前中国で、歌舞伎よりももっと象徴的《シンボリック》な京劇の研究をしていましたので鍛錬されていますから、筋《ストーリー》や劇の構成は説明書なしでも容易に分かります。しかし研究の為に、本を読んだり、人から話を聞いたりして調べています。」

――劇場で外人向けに売っている英文の説明書はその一助になりますか。「あれはひどい《テリブル》ものです！　外国人が歌舞伎を鑑賞する上で何の役にも立ちません。何よりも英語が拙なさすぎますし、芝居の歴史的背景についての説明がくどくて興味が半減してしまいます。研究が一段落したら自分で外人の為の鑑賞手引を書こうと考えているのですが。」

――劇場の人の話では殆ど毎日おいでになるそうですね。「歌舞伎座へは週に四、五回の割合で来ます。その度毎に全部見ることはありません。大体一つの狂言を六回はみています。」

――歌舞伎以外の演劇では何を見ていますか。「他には殆ど見ていません。一度だけ見た新派の印象について申せば、あまり関心できませんでした。やっぱり歌舞伎が一番ですね。」

――歌舞伎のレパートリーではどんなものがお好きですか。時代物とか世話物とか。「芝居の題名で言いましょう。寺子屋、将門、源氏店、それに藤娘などの日本舞踊ですね。殊に源氏店は私のお気に入りです。」（中略）

――中国にはどの位おいでになったのでしょう。京劇と歌舞伎を較べてどうお思いになりますか。「一九四六年に渡って南京に三年、香港に二年いました。文化振興会の支部に勤務していたわけです。そこで中国の古典劇を研究しました。京劇は深い象徴の美しさを持った素晴らしい演劇です。しかし歌舞伎と違って新しい感覚を全く持たぬ特殊なものです。舞台技巧や、衣裳芸術については歌舞伎の方がずっと勝れていましょう。歌舞伎は遥かに広い幅を持っていますから、興味の対象としては京劇より面白いと言えます。好みから私も歌舞伎の方が好きです。女形とか、舞台に特殊な約束があるとか、二つの演劇の類似点があげられますが、京劇俳優の演技は唄うことに重点がおかれていますし、舞台装置も殆どなく、上演の条件はまるで違っています。」

――外人の観客が近ごろ大層多くなって来ているのですが、その人達は歌舞伎の何に魅かれて来るのでしょう。私は外国人が好奇心から歌舞伎を観て、その芸術を理解するよりも、異国情緒《エキゾチシズム》に満足して帰るのではないかと不安でならないのですが。「そう、そうです。大部分の人々がそうでしょう。古典を理解するには、想像力《イマジネーション》と相当の知性《インテリズム》を必要としますから、画家や劇作家や、舞台人など、素養を持った人々は、誤らずに歌舞伎を受取ると思いますよ。しかし、そうでない人々の方がずっと多いことは確かですね。」

――それでは、近く歌舞伎の一座が渡米する話がありますが、それについてどうお考えになりますか。「余程慎重に考え、準備してから実現すべきことだと思います。色々な点で、考えに考えなくてはならないと思うのです。今言ったようにアメリカの観客がどう受取るかということも大きな問題ですし、上演種目の選択についても。日本で上演しているのと同様の条件を整えてからでなくては無意味ですからね。それをする為には関係者は相当の努力をしなくてはならないでしょう。例を劇場の構造にとってみても、歌舞伎座のように間口の広いステージは仲々見当たらないでしょうし、ハナミチは不可欠の条件ですけれども、それを造ることの難しさを私は欧米の劇場建築を知っていますから考えてしまうのです。」

――結論として賛成なさらないのですね。「いえ、賛成とか反対とかいうことではなくて、中途半端に変形して歌舞伎を上演することの愚を言っているのです。ハナミチのない劇場で歌舞伎がやれますか？　ということなのですよ。そうでしょう？」

——欧州では現代劇を観る人々が又シェイクスピアやモリエールという古典の観衆でもあるのですのに、日本の場合歌舞伎と新劇の観客層は全く異質なのです。これについて御意見を伺わせてください。「歌舞伎は独自な演劇なのだということです。非常に永い歳月日本は諸外国と没交渉のうちに独自に発展しましたから、歌舞伎は全く他から影響されることなく育ったのです。外国と交渉が出来るようになってから生れた新劇やオペラの観客は、やはりその時に生れたといえるので、歌舞伎の支持層と異なる所以です。一方、欧州の演劇はシェイクスピアから継続して近代演劇が発生していますから、観客は、古典と新劇の両方につながっているのだと云えるでしょう。／歌舞伎は全く独自《インデペンデント》なのですね。此の芸術は保存されなくてはなりません。」

——劇作家や批評家の中に歌舞伎の保存向上の為に新作上演をという声があって実行されていますが。「あまり感心しません。伝統《トラディション》を尊重してそれを作品の中に活かしたものなら良いでしょうが歌舞伎は全く古典なのに、新しく古典を作るというのは奇妙なことじゃありませんか。シェイクスピアを現代人は書くことができません。それと同じことです。」

（中略）

——では歌舞伎の衰微を防ぎ、保護してゆく方法は何だとおっしゃるのですか。「若い人々が歌舞伎を見るようになれば良いのだと思います。古典を愛護してゆくのは若い世代の責任です。敗戦後の現象なのでしょうが、日本人は劣等意識《インフェリオリティコンプレックス》から日本の長所特色を卑下して重要視しない傾向があるようです。歌舞伎が滅亡しかけている、滅亡させようとしているのは誰でもない日本人自身です。もっと自覚してください。日本人としての責任に於いて歌舞伎を護ってください。その為には多くの若い人々が歌舞伎に親しみを持つようにとできるだけの努力をすることが必要です。」

〈鋭い考察、日本に来て一年にならぬスコットさんは全くの専門家であった。一外国人の感想の域を脱して、たしかに他の外人とは異質であるに違いないと思われた。二度見た「東《あずま》をどり」、一度みた京都の「都をどり」を比較して、東京の芸者は誤っている、日本舞踊をレヴュー化している、愚かしいと言い切る見識家なのである。有吉佐和子〉

（『演劇界』昭和二十七年九月号）

☆「旅」の編集長・戸塚文子

〝旅〟の編集長として、話の泉のゲストとして、近くは又随筆集を出したり、大活躍の戸塚文子女史に歌舞伎よもやま話をきかせて貰おうと、ある日の正午まぢかく、交通公社のビルの中なる〝旅〟の編集室を訪れた。（略）「〈家中が歌舞伎ファン〉歌舞伎を見始めた動機ってものはなんですが、家族全部が好きで、昔は、祖父母に両親、兄弟三人と私の家中が揃ってでかけたものでした。下町風に育てられましたから、琴や三味線を幼い頃習ったのが、耳を作ったと言えるでしょう。長唄も清元も大好きで、私のことだから、ジャズなんかのレコードを集めている様に思う人もいるでしょうが、小唄や端唄の盤を相当持っているんです。浄瑠璃も小さい頃から好きでした。そういう下地があって、家中毎月必ず見に行ってたものですから、自然歌舞伎に夢中になって、終戦前の芝居は大がい見ています。（後略）」「〈新しい歌舞伎〉（前略）お仕事の関係で、岩井半四郎さん、大谷友右衛門さんにお会いしたことがあるのですが、あの方達の生活を見ているると、少しも古くさいところがない、普通の青年達とちっとも変わらない、近代的なものをちゃんと身につけているようですね。歌舞伎は新しくなるな、滅亡しないで新時代に生きて行けるなと確信が持てます。／勿論、歌舞伎の伝承された型や様式、古いよさは残されなくちゃ何にもなりませんが、演じる人々が、時代おくれの古くさい思想の持主でないことで、歌舞伎の中に新しい息吹が感じられて来るのじゃないでしょうか。／古い芝居の中に盛られたモラルや、荒唐無稽な筋など、理屈で見ると色々と批判出来るものですが、歌舞伎は感覚的なものなんだと思っています。何よりの魅力は、酔えるということですね。感覚の陶酔境です。（後略）」「〈私と歌舞伎〉（前略）戦争が始まる前の四、五年間私は松竹の内田さん（戦災で松竹本社が爆撃された日に亡くなられました）からお頼まれしまして、ずっと外人だけの歌舞伎の説明書を書いていました。（後略）／歌舞伎は役者本位の演劇だと云われますが、私も役者の個性を十二分に生かした芝居が一番好きで、此の役者の何の役が良い、といった具合な観方をしています。特にどの芝居が好きということはありません。役者では死んだ羽左衛門が大好きでした。個性というものがともすればゆがめられる歌舞伎の世界で、あれ程のびのびと個性を伸ばし、しかも芝居の中でそれを生かしきれたというのは、大変なことなのだと思います。無理をしないということが私の処世哲学なのですが、羽左衛門の演技には全く無理が感じられませんでした。七十歳になって十五、六の役をやって、少しもおかしくなかったこと、高麗蔵《こまぞう》にしても、死ぬまで舞台の上に衰えを見せなかったこと、芸の力なのですね。（後略）」
〈約束の三十分はまたゝくうちに過ぎて、次の訪問客が待機しているので、もっと深く色々と話の種は尽きないようであったが、切り上げなくてはならなかった。遠くの壁にはった何十枚という〝旅〟の表紙の中に文楽の人形の顔があった。「静ですか」「えゝそうです。歌舞伎の方も使いたいと思っているのですけど、旅に関係のあるものとなるとむずかしくて。なる程、静御前は吉野の道行で、道行は英語でトラベリング、たしかに旅行にちがいなかった。有吉佐和子〉

（『演劇界』昭和二十七年十一月）

☆女流作家・眞杉靜枝

某新聞の身上相談を担当して以来、真杉静枝の名は本来の小説家としてよりも派手に売れてきたようだ。悩める乙女から中年の恋愛に至る相談に、賢く答え賢く導き、しかも情に溢れて評判は仲々良い。その真杉女史が歌舞伎座の常連ときいて早速出かけた。

「〈力一杯生きる者の共感〉此の間、新派ですけど八重子さんの舞台を見ました。〝妻の青春〟です。登場人物のモデルになった人達を私は知っているものですからつい泣いてしまいましたが、私はそれより以上に八重子さんの舞台で生きている姿に打たれました。日本には今まで本当の女優が出ていませんね。時代と歴史なのね。本当の女優が出て来るのはこれからなのだと、八重子さんの野心のますます衰えぬ態度を私は素晴らしいことだと思いました。／力一杯生きている者同志の共感といいますか、私が歌舞伎を観て一番うたれるのは、やはりこういう意識からです。板子一枚は地獄という船乗りの境涯と同じことが小説家の場合にもいえて、一つの小説を書く気持ちは、役者が舞台で所作をするのとかわらないと思うのです。一つ一つが勝負なのですから、一つ一つが……（後略）」

――筋がつまらぬとか、モラルが古いとか言われていますが、歌舞伎劇の内容については如何でしょう。「そうねえ。フォルムの美しさだわ。それが一番なんですよ。現代の社会から浮上っているということじゃなくて、今まで日本人が日本人だけで育ててきた歌舞伎なんですもの。モラルが旧いのはそれが書かれたのが昔のことだったので今ではないんだと思えば良いんじゃないの。（後略）」「〈楽屋内の封建性について〉歌舞伎が新しくなるというのは、徒《いたずら》な新作の上演ではなくて、新しい感覚が感覚したものを舞台に乗せることなんですよ。新解釈というものではなく〝工夫〟ですねぇ。たとえば先代梅幸のかさねの幕切と、六代目のとくらべてみて、同じ作品に、別に新解釈で筋を作りかえたのでもなくて、ちゃんと六代目は新しさを入れているでしょう。あんなに美しい幽霊になって、――工夫ですわね。（後略）」

（『演劇界』昭和二十七年十二月号）

☆婦人代議士・山口シヅヱ

台東区竹町のとあるビルの中に、衆議院議員山口シヅヱ女史の事務所がある。東京六区に立候補して一位当選、今を売出しのパリパリ婦人代議士を訪れて、例によって例の如く歌舞伎インタビューが始まるのである。

――此のインタビューの眼目は「女代議士歌舞伎を語る」というところにあるわけですが、歌舞伎を御覧になるのにそうした職業意識が働いたりなさいますか。「勿論です。自分は国民の生活を預かっているのだと常々考えていますから、歌舞伎を観るのも代議士としての自分に得るものがあればこそです。／歌舞伎を観ることで、古さ――これは思想が古いというだけでなくて、総て古いものをいうのですけど――をみつめる機会が与えられるのです。温故知新なのです。古いことを知って、それに溺れるのではなくて、対比的に新しいものを把握できるように。そういう意識があるのです。」（略）

――古さの話に戻るようですが、歌舞伎に新感覚を盛込もうとする動きがあって近頃よく新作が上演されていますが。「最近は忙しくてあまり観ていませんのではっきりしたことは言えないのですけれど、新作ですか、そうですね―みられない……こともないでしょうけど。／新派になっちゃいけないんですよね。そこの兼ね合いが難しいんじゃないでしょうか。新劇ともつかぬ、さりとて歌舞伎でもない中途半端なものが出来上がっちゃうと一番怖いと思います。新しい思想を追いかけてもお尻に殻がくっついているような見苦しさがあっては醜態ですものね。」（略）

〈この後「**文相就任のあかつきは**」の小見出しがあり、その文化政策についての質問があるが省略する。この中で、歌舞伎の渡米を積極的に応援すること、大衆に歌舞伎を解放する意味で、経済的負担を軽減するなどの発言がある。当時、歌舞伎座の大衆席が二百円、明治座が百五十円であることを有吉佐和子が説明している。これにたいして山口シヅヱは「あらまあ、そうですか。それじゃァ決して高いとはいえませんわね。」と応えている。「記者は歌舞伎を好む人々の素直さ

というものについて楽しく考えずにはいられなかった」と有吉佐和子は感想を記している。〉

（『演劇界』昭和二十八年一月号）

☆米人歌舞伎ファン・ロムバルディ

今年こそは歌舞伎の渡米が実現しそうである。欧米を見学してきた演劇人達が、口を揃えて、外国の演劇関係者達が歌舞伎に注目している事実を報告しているし、それが興行的にも成功を納めそうだというので、松竹でも本腰を入れて考え始めているようである。／「アメリカに行く歌舞伎」をめぐっては、甲論乙駁、仲々意見の一致を見ないけれども、それを決するのは何より大切なのは、外人が歌舞伎をどのように受取るかを知ることだと言えよう。日本に来て歌舞伎をみている米国人が、どんな具合に歌舞伎を理解し、その中の何を受取っているか――今月はそれを主題として歌舞伎座の常連ロムバルディ氏に歌舞伎の話を訊くことにした。／ロムバルディ氏は終戦直後に一度、軍籍にある時日本に駐在し、昨年の半ばに再び米国大使館の一員として日本に赴任、映画部勤務の傍らテレビジョン劇の作家として励んでいられる。歌舞伎は毎月殆ど欠かさずに観ているとのこと。親日家の達者な日本語に、記者〈有吉佐和子〉の英語は終始受太刀であった。

「〈『残菊物語』で知った歌舞伎〉学生時代には語学を専攻し、創作に興味を持っていました。東洋に関心をもたないわけではありませんでしたが、歌舞伎を観る契機となったのは、戦争中召集されて陸軍にいた時に二年半日本語の特殊教育を受けたことでしょう。朝から夜遅くまでぶっ続けで日本語を習いました。教材として日本の映画が映写されましたが、その中に「残菊物語」があったのです。御承知のように、これは五代目菊五郎の養子菊之助を主人公とした話ですから、歌舞伎の場面が頻繁に現れます。音楽と舞踊と演劇が美しい調和をみせているのに驚き、私は大変魅かれたのです。（中略）日本に駐在した当時は、菊五郎も幸四郎も梅玉も未だ存命でした。一番豪華なキャストで「勧進帳」をみることもできました。予想に違わず素晴らしい舞台に、私は我を忘れました。何百年も前の人間が、そこでは生命をもって潑溂と生き、動いているのです。音楽が単なる音楽だけでなく、舞踊が単純に舞踊だけでなく、演劇が単純に演劇だけでない。三者が混然と融和して一体となり、立派なものを生み出している。その見事さに私は感動しました。」「〈歌舞伎の普遍性〉舞台で話されている言葉が分からなくても、日本の古い習慣を知らなくても、或いは細部の筋を理解し難くても、私達は歌舞伎を面白いと思います。中に盛られた思想が古くても、異国のものであっても、私達はその奥底に脈うつ人間性に触れて心うたれるのです。（中略）歌舞伎は何百年も前に生れましたけれども、そこに表現される人間の喜怒哀楽の感情は何時の時代でも共感を呼ぶ種類のものです。日本人の生み育てた演劇ではありますけれども、私達外国人をも感動させる普遍的な思想を持っています。そして代を重ねて磨きをかけられたその様式は完成されて、観客をひきつけずにはおかないのです。／長い台詞が続くと、それを理解出来ない私達は、ともすれば退屈に感じる筈ですが、歌舞伎ではそんな場合、三味線や拍子木や、舞台装置が私達の注意を惹いて倦きさせません。総てが完全であるという点で、歌舞伎は世界の最も優れた演劇の一つだと云えると確信しています。（後略）」「〈日本の演劇は〉新しい日本人の演劇が、歌舞伎を母胎として生れるか、或は今の新劇がそれに近づいて行くのか、そんな予測は私にはできません、日本人自身の問題ですから。ただ私に云えるのは、歌舞伎が過去において、能や文楽などから影響を受けつつ、それを徐々に同化して、今日みるように完成している事実から推断して、西洋文化を受入れても、それを咀嚼し自家薬籠中のものとして後にならら、何か素晴らしいものを生み出し得るのではないかということです。確かに私達外国人には能や歌舞伎や文楽に、新しくてしかも純日本的な演劇を作るための重要な要素があるように思われます。「〈歌舞伎の渡米について〉大いに結構なことだと思います。ブロードウェイの観客は、日本の演劇愛好家層がそうであるのと同様に、ごく特殊な人達なので、歌舞伎が一般米国人の好みに合わぬのではないかという斟酌《しんしゃく》は無用です。前に申しました様に歌舞伎の持つ、心の奥底に迫る素晴らしさは必ず観客を魅了すると思います。（後略）」

〈「歌舞伎をめぐって、何時間も話は尽きなかった。」（略）「外国の人々が日本演劇における歌舞伎の位置をどう考えているのかがわかって、予想外の収穫でした」という有吉佐和子の感想がある。〉

（『演劇界』昭和二十八年三月号）

☆衣装研究家・花森安治

（前略）暮しの手帖社から、戸板康二氏の『歌舞伎への招待』が出版されているが、その装幀とカバーの図案は、花森さんの力作である。歌舞伎と花森氏。この二つを結びつけてみて、大昔から継承されたこの芸術を、一体この人はどういう風に批判しているものかと興味が湧いた。即ち記者は、ある日この訪問記をものしたのである。「〈約束ぎらい〉僕ァね、約束というものが大嫌いな男でね、無論、道理のたつ必要な約束なら大いに遵守するんだが、習慣的に、虚栄なんかから生れた約束にはどんなことがあっても従わないッて主義なんだ。」――世間一般の約束に従えば女の子しかない髪かたち、長髪にパーマをかけ前髪を垂らした花森さんは、のっけにこうおっしゃる。さァ大変、歌舞伎の象徴主義は、多くの約束を観客に要求しているのに――「だから、従って歌舞伎もね、僕ァ億劫な気がするな。約束っていうもんだけじゃないんだが、歌舞伎の持つ空気に馴れて、歌舞伎を受取る気分をつくりあげるのに、とても時間がかかるんだ。（中略）これは歌舞伎の関係者達がよく考えなくちゃいけないことだと思う。生々流転というか、歌舞伎は生々発展させて行かなくちゃならないのに、関係者達はどうも考えが足りないようだな。歌舞伎が猿楽から阿国から起こった当時は、こんな今の様に観客の感情からずれた寂しいものじゃなくて、もっと庶民にぴったりきた楽しいものだった筈だ。」「〈歌舞伎と実生活〉今の歌舞伎の観客を分析すると、好事家と徳川時代の庶民感覚を持った生活をしている花柳界などの人達、それから明治の空気を呼吸していたお爺さんお婆さんたち、こう分けられると思う。好事家というのは、歌舞伎に限らぬどの世界にもある人達で、数の上では極くわずかだ。学生歌舞伎なんていうのが実演したりしているようだが、これも好事家たちだねぇ。一部の学生ってところだろう。／完成されたという雰囲気から得られる陶酔、昔の徳川時代に造られたものをそのまま残そうとする意識、美しいものの衰亡するのを憾む心――まあそういったこころかな、歌舞伎ファンの心理は。（後略）」「〈歌舞伎の衣装〉歌舞伎にあるデフォルメの手法で、僕が特に感心するのは衣装だ。一例を『暫』にとってみよう。『大きさ』をみせる為に袴の中で下駄をはき、何枚も厚い下着を着る。『強さ』をみせる為に、思い切った色が使われる。一つ一つ感心するものばかりだ。しかも揚幕から現れた瞬間に、我々には『暫』のイメージが灼きつくじゃないか。（中略）日本人には細密さという特性があって、絵画を例にとっても、山水から始まってシュールに到るまで細かさから離れられないいんだが、歌舞伎の絵画美は、日本人には稀らしく野放図なものだ。（後略）」「〈歌舞伎は新しい〉（前略）新作って云うと、脚本を新しくしようとするから間違うんだ。これは既に新派がやったことだ。歌舞伎は古くないんだ。そこにある感覚は実際、新しい。素晴らしいものは古くはならない、常に新しいんだ。これを本当に理解して、良い台本を書いてほしいな。（略）歌舞伎がアメリカへ行くか……写楽の錦絵が日本人に理解されずに、フランスやイギリスの画家達に吸収されてしまって、そして今度はあべこべに、彼等の作品に日本人が感激した――そんな馬鹿げたことが昔あったね。うかうかしていると、今度は歌舞伎がその二の舞をやるよ。」

（『演劇界』昭和二十八年四月号）

☆随筆家・幸田文

伝通院を左にみて、だらだらと坂を下ると大きな榎につき当たった。「えのきの木のまえをひだりにおれた、かどのみぎ側たけがきの家」と教えてもらった道順を、じゅげむじゅげむと繰りかえすうちに、露伴全集編纂室の看板と並んで幸田文としるした表札をみつけた。掃除の行届いた格子戸を開ける。軽く鈴が鳴った。／終戦直後に幸田露伴は没した。その全盛期を知るものには寂しい文豪の臨終ではあったけれども、それから程なく日本の文壇は幸田文という随筆家を迎えて、その父の偉大さを改めて想起する機を得たのであった。／「父―その死―」「みそっかす」などの随筆集は華々しい好評を得て、現代の古典とまで絶賛されているが、文章の見事さ観察の鋭さは、中年を過ぎて始めて筆をとったというのが信じられない位である。／その幸田女史の姿を時折歌舞伎座でみかけた記者は、利倉編集長の許しを得て、かくは五月号のための訪問記とでかけたのである。「〈娘教育副読本〉幼い頃には、父が意識して歌舞伎の世界を知らせぬようにしていたようです。私の見始めたのは女学校を卒業する頃からでした。その頃になって、父の方から見る機会を与えてくれ、観劇前に、みどころというかツボというか、親切に解説してくれたものでした。／十七、八になるまで歌舞伎をみせて貰えなかったのは、あの歌舞伎にあるぎゅーッと人を牽く力に、自分というものがまだかたまっていない娘をまかせてしまうのを親爺らしく心配してのことだったでしょう。実際、野放図に歌舞伎を見せられていたら、私はまるで違った道を歩いていたろうと思います。歌舞伎に我を忘れそうになると頃合いを見計らって親爺は、手綱を引いて覚醒させてくれたんです。／例えば、羽左衛門の極め付、木更津の見染の場で、与三郎の羽織落しを、きれいだなァと思って感心して見て帰る。その夜、早速父に、どうだったと聞かれるわけ。そこで感じたままを話せば、『馬鹿だなァ。そこで羽左衛門を見てちゃ話にならない。その瞬間の客席を見るんだよ。役者に見惚れているお客さんの顔を見るんだよ』／こんな調子でした。皮肉な観方を教えようとしているようで、実はそこに父の意志《おやごころ》があったのです。父は私に『いい奥さん』になることを望んでいましたから、ちょっと感受性の強い一人娘が、何か一つのことに熱中して、つっ走らないようにと、たえず気を配っていたのでした。」

――幸田露伴は大正二年に「名和長年」を書き下しているし、「五重塔」その他の劇化は有名である。そんな関係から、芝居道の人々と個人的にも知りあいがあったのではないかと、昔の芝居の裏話を聞き出そうとしたが――。「父の仕事の関係で、お芝居の関係者も大勢家にもお見えになったりしましたが、父はその人達の派手な雰囲気に決して私を近づけようとしませんでした。／父の顔で、自分の顔も売ることは容易いことでしたし、そうすれば簡単に芝居小屋にも入れましたが、父は、周囲からの父の娘としてチヤホヤされることを極度におそれて、そうした空気に私を馴じませないようにしていました。（後略）」

――随筆に着物についてお書きになったの拝見しましたが、歌舞伎の衣装との関係は如何でしょう。御自身着ることの参考になさいましたか――「私は父に、どんなものでも着て見ろという教育をされましたので、年齢や習慣に囚われずに着るということを覚えました。ですから、歌舞伎の衣装の美しさをそのまま自分で実際に引入れていろいろとやってみたりもしたんです。／浅黄と黒のとりあわせ、落人の勘平や、逆櫓のお筆の着物を美しいと思い、早速黒い着物に浅黄の半衿を合せて着てみて、鏡にむかってびっくり。顔が、まっくろけに見えるんでしょう？『馬鹿だなァ。芝居じゃ顔がいやって程白く塗ってあるんだよ。それを忘れちゃ駄目じゃないか』と早速父にこき下されたこともありましたけど……。」「着物と歌舞伎――良いことを訊ねて下さったわ。『役者の着ているものを、どれでも着てみせる意気込みでいる』と父はよく言いました。／家は決して金持ではありませんでしたから、私は日常着るものに贅をつくすことは出来ませんでした。けれどもお芝居をみている間は、どんなものでも気持ち次第で着こなせるんです。よし着てやれって気で舞台を凝視するんです。（後略）」〈歌舞伎はこうした見方も出来るものなのだ。話の中に文豪幸田露伴の哲学を感じて、記者は衿《ママ》を正して聞き入ったのである。有吉佐和子〉

（『演劇界』昭和二十八年五月号）

☆日本舞踊家・西崎緑

芝は田村町にある舞踊研究所は、外から見るとモダンな洋風の建築で、日本舞踊を従来のお座敷芸から新しいものに発展させようという努力を続けて来られた西崎さんにふさわしい。「歌舞伎の話をしろっておっしゃるの？　どうしましょう。本当はそれじゃいけないんですけどね、近頃は忙しいもんですから、歌舞伎を拝見する暇がなかなかなくて、お勉強すっかり怠けていますのよ。でも、昔は欠かさず拝見しておりますし、商売柄、歌舞伎について考えていることはございます。」（トンチ教室で聞きなれた声である。目下沖縄舞踊の研究をなさっている西崎さんは、この日粗い木綿縞の琉球風のキモノの上に、やはり木綿の模様の面白い茶羽織を召して日頃提唱している温故知新の実行中とみえた。これも又新感覚なるべし。歌舞伎を見始めた動機から順を追って尋ねるのは、此の際不適当と知って、いきなり新舞踊から話の糸口を切る。新舞踊運動が、本質的には古典である日本舞踊の保存と発展の為であるとすれば、歌舞伎の直面している問題と必然的なつながりがある。西崎さん訪問の焦点はここだ)。「〈第二の古典を〉新舞踊というと、何か中途半端なもの、ヌエ的な存在のように考えられているようですけど、私は絶対にそんなものじゃない、そんなものであってはいけないと思っています。/古典にしたところで、その最初は創作だったんですよ。これは大事なことだと思って下さい。次々と数多く創作されたもの、それらの中で良いものが歳月を経て今日まで残っているんです。現代に生きる舞踊家は、祖先の汗と血の結晶である古典を正しく継承して、それを次の代へと伝えるべき義務を持っていると思いますが、それと同時に、自分達の仕事として後代それが古典として残るような立派な作品の創造に励むべきだと考えます。(中略)技術的な話になりますが、古典舞踊を習うのは、保存の意味の他に、基礎的な訓練の上からも大切です。日本舞踊のもつ真実の味を知る為にも、それを生み出した祖先のこころに触れる為にも大切なことだと思っています。ですから私の教育法は、古典をみっちりやってから新作舞踊を踊らせるという主義です。」「〈創作と大衆〉戦争中から炭鉱の慰問などに行くようになって、私は現在もはりきってそうした舞台に立っていますが、昔と違って観客層が革新されて来ていることを痛感するにつけ、その人々に理解して貰えるような舞踊の必要を感じます。時代が変わったことで舞踊自身も進歩というか、変化をしなくちゃならない。観客層の変わることも当然ですが、こちらから観客層を開拓してゆく気で行かなくちゃならないんだとも思います。」(中略)「〈歌舞伎と舞踊〉歌舞伎と踊りとは不即不離の関係で今日に至っていますから、舞踊家として歌舞伎は大いに観て参考にせねばなりません。まず第一に私共が歌舞伎に学ぶのは、その雰囲気です。「手順ではいけないもの」——が踊りにはあるのですが、それを知る為には歌舞伎を観るのが一番手っ取り早い。それから私共にはどうしても素踊りの機会が多くて、扇子一本で種々なものを表現しなければならないのですけれど、そうした場合、たとえば煙管一本にしても花魁のは長いこと、百姓のは短いことといった具合に小道具を一つ一つ使わずにその気分を出す為には実際のものを知っていなくてはなりません。あの花魁の衣装にしても、舞踊家が実際に身に着けて踊るなどということは滅多にないでしょう。けれども、花魁を踊ることはよくあるんです。歌舞伎の舞台を見ることで、着こなしを頭に入れるわけですね。」

〈舞踊の話も着物の話も、おきかえれば立派な歌舞伎論だと記者は考えたのです。有吉佐和子〉

(『演劇界』昭和二十八年六月号)

☆ニッポンタイムス記者・R・A・カーズン

「十八です。もうすぐ十九になります」

今日は、英字新聞のニッポンタイムスに、毎月歌舞伎興行の記事を書いているロバート・A・カースンさんを訪ねて、外国人の歌舞伎観を訊く(略)。若い人という噂は聞いていたが、こんなに若いとは思わなかった。長身に青い背広がよく似合う青年紳士を見上げて、記者は用意していた質問の方向をかえなくてはならないのに気づいたのである。

――では、まだ学校へ行っててらっしゃるんですね？「ええ、もうじき卒業ですけど。高等学校ですから専門といったものはありませんが、大体上級学校志望のクラスにいて、演劇文化を主にやっています。僕は舞台俳優になりたいと思っているものですから」(中略)

――歌舞伎に対する興味に関連させて、貴方のアメリカ演劇観を聞かせて下さい。「アメリカ演劇には、早いものでもう四十年の歴史が出来ました。その間、自然主義的演技法が絶対的に信奉されて現在に至っています。そして漸く、ブロードウェイの観衆はその演劇様式に倦んできたのです。たとえば「欲望という名の電車」などで、自然主義的演技によって描き出される主題の陰惨味は、幕の降りた後、客席に不愉快な空気をかもし出すという現象、これなども一つの問題ですよ。／カブキの演技の様式化《スタイライゼイション》は、本当に素晴らしいと思います。父祖代々承け継がれた演技の型は、現在に至って完成されたものなのだということ、つまり例えば「矢の根」という荒事の典型劇なども、今こそはっきりと一挙一動に型が厳在していますが、当初「矢の根」が上演された頃には極く自由な、しかも不完全なものだったのでしょう。それが、俳優から俳優へと時代の移るにつれて承け継がれて、その人々が次々に工夫して型を作り、良き型が遺され集積されて、現在みるような完全な「型」を作りあげたのですね。（中略）舞台に於ける登場人物の間にある完全な調和も亦、僕達学ぶところが多いのですが、しかし根本的にカブキと西欧の演劇とは異っているものなので両者を比較することは不可能です」

――アメリカ演劇の演技の基礎はスタニスラフスキー・システムと聞いていますが、カブキと比較してなにか。「あゝ、日本ではどうもそういうように誤って考えられているようですね。無論、僕もスタニスラフスキーを偉大な人だったと考えていますが、アメリカ演劇に対する彼の影響はごく部分的なもので、むしろイプセン、ショウや、ギリシャ演劇などの影響の方が根強いものがあります」「歌舞伎が一番すきですけど、その他の舞台も面白く観ています。新派は、それなりに明治時代というつい此の間までの日本が見えて面白いですが、僕はこの芸術は永続しない、滅びゆくもの、という気がします。古くなく、新しくなく、ということが、古くなれず、新しくなれずという結果を招いているのでしょうか。但し、水谷八重子は素晴らしい女優ですね。大物です。新派より新国劇の方が僕は好きです。日本の新劇は欧米の模倣が多くて、概して創造面での努力が足りないですね。」

（『演劇界』昭和二十八年七月号）

☆随筆家・小堀杏奴

随筆家の小堀杏奴さんは「生田川」以下歌舞伎の名作をものこした明治の文豪森鷗外を父とし、劇評家《しばいじん》として大きな仕事をされた三木竹二という叔父君をもち、令姉森茉莉女史は、やはり芝居に精通し劇評家としても知られている。歌舞伎《おしばい》に縁深い環境にあって、それのファンでない筈はない――という予想のもとに、ある夕、郊外の静かなお宅を訪れた。／質素なセーターとスカート姿の普通のなんでもない一主婦のいでたちで記者の前の椅子に腰をおかけになった小堀さんの、白粉気のない肌とパーマを当てずに無造作に結った髪かたちに素朴さと深い知性を二つながら備えておいでになるのを知った。／明るいお声で、「歌舞伎を見なくなってから、もう二十年程になるんですよ。それでも役にたつかしら」とお訊きになる。「では、なぜ歌舞伎からお離れになったのですか」と、話のいとぐちを切った。「〈母の思い出〉母が大の歌舞伎狂だったのです。私の娘時代は、母のお伴で主として市村座でしたが、毎月欠かさず観に行きました。／母は本当に歌舞伎が好きで、拍子木を打つだけの仕事でもいい、芝居内にはいって歌舞伎をやりたいなどと云い暮していました。劇場に入って開幕の迫る柝《き》の音を聞くや、まるで『泳ぐ』ような格好で席についたものです。そして息をつめるようにして、舞台に喰い入って観ていました。／母は自然を愛でたり読書をしたりという趣味はまるでもたなかった人で、よく父に『お前は人工的なものに感激するんだ』とわらわれていましたが、春のおぼろ月も家の縁で、眺めては一向に興が湧かず、三人吉三の大川端でなくてはピンと来なかったんです。／お伴は大抵私でした。姉は早く縁づいていましたし、弟は幼くて芝居の間退屈すると喧しく騒ぐというので、母が連れて行かなかったものですから。／そんなわけで、私自身の意志というより、母の熱にひかれて芝居を楽しんだ私にとって、歌舞伎と母とは、きってもきれない関連があるんです。／昭和十一年に母が亡くなりました。それから後、観る歌舞伎は、母の思い出の方が強くて、お芝居だけ楽しむわけにはいかないんです。これを観たあの日の母はこうだった——など思うにつけ、あゝお母さん、あんなに好きだったお芝居も、もう観られなくなったのだなァ……と悲しく、苦しく、私にはもはやお芝居どころではなくなってしまったんです。／そのうち戦争が始まったでしょう？　疎開もしたし、絶えて観ぬうちに、昔なじみの俳優がどんどんいなくなり、なつかしみで舞台を訪ねることもなくなって……」「〈父と歌舞伎〉帝劇で『日蓮聖人辻説法』が初演されたのは、私がまだ小学生の頃で、確か勘彌（先代）の日蓮で森律子が妙《たえ》をやったと思いますが。家中で切符を買って席を列べて観たんですが、その時父が、自分の書いた劇をてれたようにニヤニヤして観ていたのをかすかに憶えています。終まで観ずに、私達より先に帰ってしまったようでした。／若い頃はどうだったか知りませんが、私の知っている父は、あまり歌舞伎を観ませんでした。歌舞伎の脚本を書いたのも、主として父の弟の三木竹二（森篤次郎）から勧められたことが原因だったようです。／此の叔父も、それはそれは歌舞伎が好きで、我から入った芝居の世界だったのですが、大の団十郎贔屓で『芝居の最中に大地震が起こったら、舞台へ駈け上がって団十郎に抱きついて彼と生死を共にするのだ』などと云っていた位でした。／父は左団次と提携して、翻訳劇は前から書いていましたが、三木竹二がいなかったら、おそらく自分から戯曲を書下ろすことはなかったでしょう。／私が十四歳の時に父が亡くなりましたので、歌舞伎に関して父から話をきいたこともありませんし、前にも申しましたように私の記憶している頃の父は、あまり芝居を観ないようでした」（中略）「〈むかしと今〉源之助も良い俳優でした。大きな長ァい顔が何とも云えずよかったんです。イキでね。時折あの顔で帽子をかぶったらなんて想像して噴き出したりなんかしました。考えると妙な話ですけど俳優の顔は時代につれて変ってきたみたいですね。昔の錦絵のような顔はだんだん少なくなるようです。（中略）昔の俳優が良いからとだけで云うんじゃないんですが、歌舞伎の雰囲気が損なわれているのは舞台だけではなくて、観客の側にも云えるのではないかしら。昔は正月興行には東西の桟敷に芸者が出の着物でずらりと居並んだものです。先ず観客の雰囲気で芝居に酔えたんですがねぇ。歌舞伎のよさは四角く云えば回顧的美の感覚と云いますか、昔に生きて陶酔するところにあると思うんです。（中略）だけどこれからの俳優の舞台には形骸だけが残って精神が死んでしまう怖れが多分にある。実際私ははっきり云えますが、今の歌舞伎は悪くなっていると思う。本来発展性を持たぬものだし、今の俳優の生活が、昔の生活感情を表現できるものではなくなって来ているからです。子役の頃から、着物と踊りと三味線で明け暮れた昔の役者と今の俳優の生活の相違——」〈この後、「悪いけど、歌舞伎の将来を絶望しているんです。生活からにじみ出なくては、深い味わいは生れて来ませんから」の発言でインタビューは閉じられる。記者の有吉佐和子は、「雨をはらんだ夏の宵の空気は重く暑く、時代の変遷はげしい中で古典の存続の至難なことを反芻しながら帰途についた」と感想を書いている。〉

（『演劇界』昭和二十八年八月号）

☆女流作家・網野菊

今月は網野さんのお宅をたずねて歌舞伎の話を訊く。大変な歌右衛門ファンということはつとに定評のあるところ。作風にうかがう地味なお人柄に、一見華やかな歌舞伎の女形を好む心理を打診できるかどうか。／一口坂にあるこぢんまりしたお住まいは、仕事を持ち俗気を持たぬ人にふさわしく、私がその扉を叩いたお約束の時間には丁度「ノンちゃん雲に乗る」の石井桃子さんがみえておられたが気取らぬ《アットホームな》雰囲気の中にすぐさま迎え入れて頂けた。（後略）「〈子供の頃〉継母が大変芝居好きでしたので、始終連れてゆかれました。それと常磐津を習っていたもので、歌舞伎の出方をしている相弟子を相弟子連中で総見したりで、歌舞伎を観る機会に大変恵まれていたのです。目白の女子大へ行き始めた頃と、戦争中は観ていないのですけれど、あとは他動的にも自分からもよく観ています。歌舞伎の他に踊りも文楽もお能も好きでよく観ます。（後略）」仕事部屋と、畳のお部屋にはさまれた簡素な板敷きのお部屋は、手近にガスや水道があって大そう便利なのである。水屋簞笥をあけたてして、お砂糖や紅茶の缶を取りだしながら、まるで姪かなんかに話をするように、応対してくださる網野さんである。（中略）

――さて、歌右衛門を大変ごひいきとうかがいましたが。「歌右衛門は大好きなんです、ええ。とてもいいでしょう？　どういいかって……そうですねえ。「関の扉」の墨染や「将門」など、歌右衛門一流の妖気があって本当にいいと思います。それに「鷺娘」ね。踊りのうまい人ですし。／終戦後に大隈講堂で、都民劇場が主催して「能と劇」の会がありました。私はお能がみたくて出かけたんですが、その時歌右衛門が（芝翫の頃です）素踊りで「羽衣」を演ったんですよ。それをみてから急に歌右衛門が好きになって、戦争やらで遠ざかっていた歌舞伎をまた観るようになったんです。大体最近の歌右衛門は観落していません。歌右衛門のどこがいいか……芸が丹念なことですかしら……「羽衣」を舞った時、素踊りだというのに、最後の天女昇天の件りは、本当に舞い上って行くように思えました。その時の感動を、私は小説「おもかげ」に書いてますけど。」（中略）「〈将来性〉ですか？　そう……文楽には新作がないから、発展性というものは考えられないかもしれませんね。現代の人達から迎えられないのなら、それはもう仕方のないことでしょうね。無理のない芸題を選んで続けていくより仕様がないでしょうね。（中略）よく三階席で観るんですが、三階の人達はいいですねえ。本当に歌舞伎を楽しんでいる。夢中でみているんですねえ」

〈訪問を終えて――、特に風変わりな意見も聞かず、私は一人の「平凡な」歌舞伎ファンを発見したにすぎなかった。けれども、そこに底流する強い歌舞伎への愛情がひしひしと感じられて心が暖まった。その愛情こそが三階の客と一脈かよって、いい観客を生み、歌舞伎はいいと無条件の満足をもたらすものであろう、そう思って。有吉佐和子〉

（『演劇界』昭和二十八年九月号）

☆声楽家・佐藤美子

洋画家佐藤敬氏夫人、フランス仕込みの「カルメン」で戦前鳴らしたオペラ歌手、戦後は時世時節でシャンソンの方が名高くなってしまったが、とにかくフランス一辺倒信者からは、うつし神の如く祭り上げられて、モダンの権化みたいに思われている佐藤美子さん。ある時ラジオは「名士の十八番《おはこ》」の時間に、義太夫は「壺坂霊験記《おさとさわいち》」を見事に呻った。ハテネ。／加えて此の春、アーニーパイルで駐留軍だけのオペラ「ミカド」の公演に際して、佐藤女史扮するカティーシャのメークアップが、なんと歌舞伎でお馴染みの藍隈。はからずもこれに気が付いた記者は、これぞ絶好のインタビュー種とニランだ。

「〈事始少女義太夫《ことのおこりはむすめぎだゆう》〉父が大変に義太夫が好きだったんです。私の物心づ(ママ)いた頃から、もう師匠が毎日家に来ていましたから、そう、二ッ三ッの頃から耳にしたわけですね。四ッの頃から正式に習い始めました。ええ、好きだったんですね、自分でも。／師匠の名は鶴澤清鳳と云いました。父が熱心で、此の人を文楽に勉強に行かせたり後援をしたものです。／私が九ッの時に、役人だった父は青島に転勤になって、私は横浜双葉女学院の寄宿舎に入り、声楽の方に志し始めて自然義太夫から離れることになり、以来まるきり習わずに今に至っています。ええ、ラジオの「壺坂」は五ッ位の頃に習ったのをそのまゝ思い出してやったものです。／歌舞伎を好きで観たというのも義太夫をやっていたからなんですね。これも父に連れられて行ったのが始まりですが、四ッ五ッの頃から夢中でした。」（中略）「〈学芸会花形役者《がくせいじだいにやったおしばい》〉フランス人だった母は、私が十歳の時に亡くなりました。その母が昔は声楽家で、結婚後は体も悪くしましたし、まるきり家庭に入ってしまいましたが、娘の私に自分の夢を実現させたいという気はもっていたようです。ピアノを四歳の頃から習い始めました。横浜に住んでいた関係から、多国人のやるオペラなどに触れる機会も多くて、子供心に、言葉をやるのなら歌手になってオペラをやりたいと本気で考えるようになって、女学校四年から音楽学校に入りました。／四年間の学生生活で思い出の深いのは毎年吉例の学芸会です。これには二年から参加出来、私はその都度主役に選ばれ大活躍をしました。何しろこういう顔をしているでしょう？　幼い頃、義太夫のおさらい会でも随分人目を惹いたものでしたが、学校でも大変に目立った存在だったのです。それに、ホラ、義太夫をやっていたということが、台詞のカンドコロをわきまえる下地になって、ツボにはまった演技が出来て評判をとったんです。／最初にやったのが、題は忘れましたが高野山の名僧が、宗門の教えに人の世の疑問を抱いて山を下るという主題の、此の名僧の名前を今思い出せませんけど、何しろちょっとしたお芝居でした。この名僧を私が演ったわけです。面白いんですよ、これを見て先生方が驚いてしまってね、どういうわけであゝ上手《うま》いんだろうってわけでね、何か素地があるんじゃないか、ナニ子供の頃に義太夫を？　そうか、と感心されたことがあるんですよ。／此の年には『ガラシャ夫人』それから最後には北の政所を主人公にしたものを演りました。脚本は学生達の書きおろして、演出が所謂旧劇の手法でしてね、歌舞伎を観ている私には大変やりよかったわけです。／卒論には『裏側から見た近松の心中物』というのをやりました。『裏側』というのは、『酒屋』を例にとれば、おそのが表側で、三勝はあまりその立場を問題にされないでしょう？　そこをとりあげたわけなんです。高野辰之先生がこの担任でしたが、『大人だね』なんて批評して下さったわ。（後略）」「〈羽左衛門反対論《だいきらいなたちばなや》〉その頃は羽左衛門も華々しい評判をとっていましたが、私は大嫌いでした。ちっとも感心しない。あの位なら自分にもできるって気でした。顔だってちっとも良いとは思いません。家で鏡にうつる自分の顔みてる方がよっぽど良いと思いましたよ。（中略）私はこう思うの。日本人が羽左衛門をみて騒ぐのは結局自分達にないものが華やかに見えたのだということ、あれは本当の歌舞伎じゃないと思うわ。／自分の血というものに対して私のもっている心理《コンプレクス》が、歌舞伎に魅力を覚えるのではないかと貴方はおっしゃるのね。面白い分析ね、考えてみましょう。私のそういう根本意識は、物心づいた頃からのものですから相当根強い筈ですね。根本に、日本になりきろうとする意欲があって、それがごく日本的な歌舞伎の更に日本的なものへ郷愁を感じる――そうかもしれません。／此の間もある新聞社の方がみえて、私のことを『ちょいと見た感じは羽左衛門だ』って云うのよ。うゥえェと思って身ぶるいがしちゃった。その人はお世辞のつもりだったのかもしれない、どちらもフランスの血をひいているという連想でね。

〈古典である歌舞伎を現代の人間が演じるというところにある数々の困難は、歌舞伎の将来に大きな問題を投げかけている。種々条件の異なる点はあっても、オペラの場合、ベルディやワグナーが古典化して、メノッティなどのオペラが歓迎されるという変化がみられるようになったことなど、他山の石とすべき事柄が多い。佐藤さんのお話の一々に合点して記者は、日増歌舞伎を観る人が、歌舞伎だけをみるのでは、歌舞伎の将来が危ぶまれると主張してきたことの裏付けを得た思いで嬉しかった。／自分の仕事を持つ人が、機に触れては観たもの感じたことを自分の仕事に結びつけて成長して行くのだという発見が、二年越し続いた此の訪問記の収穫の一つであるが、歌舞伎の世界でも他とのこうした交流が、懸念されている封建制から健康に脱し得る機会をもたらすものとなるのではなかろうか。有吉佐和子〉

（『演劇界』昭和二十八年十月号）

むすび　――有吉佐和子文学への反映

インタビューの中で、渡米する歌舞伎のことが屡々《しばしば》話題となっているのが分かる。日本の古典としての「歌舞伎」が、海外でどのように通用するのか、有吉佐和子の関心の一つは、そこにあったようである。これは、アヅマカブキの渡米に触発されたことであろうが、それはまた、一方で「歌舞伎」の芸術としての普遍性を問うことにもなっている。ロムバルディ氏の発言の中には、言葉の壁を乗り越えて理解される面白さが、人間性や長い歴史に培われた様式美にあることを指摘する箇所がある。

また、花森安治氏のように、「素晴らしいものは古くはならない」という言葉には、古典としての歌舞伎の生命を信じる人の感性とまなざしが披露されている。あるいは西崎緑氏の、舞踊に歌舞伎の意匠を吸収する姿勢や、幸田文氏の着物と歌舞伎についての話題が展開する。その後、歌舞伎を軸に、文楽、常磐津、義太夫などが話題となるが、一方で、小堀杏奴氏のように、形骸化された歌舞伎の将来を消極的に展望する評者もいた。この時、有吉佐和子は「時代の変遷はげしい中で古典の存続の至難なことを反駁」している。

後に有吉佐和子は「スコットさんの眼」(『演劇界』昭和三十四年六月号)で、当時のインタビューに触れ「私は彼の歌舞伎を見る眼は、中国に於ける彼の京劇研究によって育てられたものだということを発見していた」と記している。そして「古いとか新しいという言葉に、神経質になっていた」当時の彼女が、スコット氏との会話の中で、「伝統演劇を見るエトランゼの存在」について、意気投合したことを挙げている。また、短編小説「キリクビ」(『三田文学』昭和三十一年四月)のモデルが、スコット氏であることを告白している。

このインタビュー以来、新旧の規範は有吉佐和子の中で、美の基準とはならないことを発見している。そして、最終回の佐藤美子氏のインタビュー記事につけた感想は、その後の彼女の思想や行動の上に大きな影響を与えたものとして考えることができる。そこには、「他山の石」として「歌舞伎の世界」における「他とのこうした交流」の必要性を説いているのだ。

『紀ノ川』(『婦人画報』昭和三十四年一月〜五月)に至る初期作品群と、その後に展開される多彩なジャンルに及ぶ創作活動の源泉として、ここに紹介したインタビューの体験を無視することはできないと思われる。

iii　物語と演劇の融合　――初期資料拾遺――

はしがき

ここに紹介する資料は、有吉佐和子と演劇との関わりを具体的に示し、また彼女の成育史を物語るものである。これらの資料は、いずれも彼女が自分史を語り、その文学の基底と、構築された文学世界を、私たちが理解するためには不可欠な文献であろうと思われる。物語と演劇の融合は、彼女に特異な文学世界への広がりをもたらした。彼女にとって、「演劇」は、小説を一条の綾糸となして、それを立体化し、彩るための技法のひとつであった。

戯曲、舞踊劇、ミュージカル、作詞、翻訳、脚本・脚色・演出などの分野は、小説家有吉佐和子にとって総合的な世界であり、それぞれが有機的な機能を持っていた。伝統的な文化を、いかにして現代に蘇らせるか、またそれを未来に継承するか、時代を予見する有吉文学の基底は、「演劇」の現代的意義を問う姿勢にも通じている。

有吉佐和子が幼心に抱いた異国と日本の差異、またその家庭的な環境を知ることは、読者にとって、必要なことである。演劇世界への傾斜は、若き日の彼女の美への憧れと一体となっている。

以下に紹介する資料は、底本を忠実に翻刻するように努めたが、全体の書式は統一し、ごく一部ながら誤用と思われる字句を修正した。漢字は現代通行の字体に統一し、仮名遣いは原文のママとした。各段落の変わり目を／で示した。

【1】「伝統美への目覚め——わが読書時代を通して——」

〔解説〕『新女苑』（昭和三十一年十二月一日、第二十巻第十二号）一八八頁～一九三頁に掲載。タイトルに続いて、リードに「古くさいといわれる新進作家有吉さんが既成知識人への抗議として綴った生い立ちの記録」とある。また、当時の写真が掲載され「有吉佐和子さんは昭和六年和歌山に生れ、戦前、父の勤務先に従って、外国を転々とした。のち、東京女子大学英文科《（ママ）》を卒業したが、在学中から「演劇界」に三年にわたり劇評を書いた。本年八月、新橋演舞場において、その作品「綾の鼓」を鴈治郎、扇雀によって上演され、一方小説「地唄」は芥川賞候補となり、近く東宝で映画化される。「新思潮」同人の新進女流作家。24歳」とある。

＊

外地での乱読時代

一九四一年、私は遥か赤道の彼方から、憧れの日本に帰ってきた。戦争の始まる直前である。／憧れの——という形容詞は大げさではない。外地で暮した経験のある人々には、例外なく故国への憧憬が強い。国民学校五年生の私も、幼いなりにその一人であったのである。／正金銀行に勤める父がバタビア、スラバヤと移るのに従って、すでに四年、日本の土を踏まなかった。日本人町から離れて暮らしていた私の家で、子供の私は子供の遊び相手を持たず、やや早熟であったところへ拍車をかけるように、読書にばかり専念していた。その読む本を父も母も並の親なりに吟味して、わざわざ日本から講談社の絵本などを取寄せていたのだったが、私は文字の少いそれらにはすぐ倦きて、やがて社宅の本棚を端から読みあさるようになっていた。／小学一年の女の子が、漱石全集を読破していたといったら、ちょっとした天才児みたいなものだが、事実は私がそうであったのだ。むろん、彼の禅味や哲理が理解できた筈はない。苦沙弥先生や、宗近君と親しくなる程度のことであったが、ともかく読むことは読んだのである。大衆文学全集なども並んでいて、「お洒落狂女」とか「鳴門秘帖」などは愛読したし、「初鰹献上記」でも未だにその筋は覚えているから、子供の頃の私は、その頃を知る人たちが「怖いみたいな子だった」と云う通り、細くて、頭でっかちで、痩せた嫌ァな子だったに違いない。／乱読が、南十字星と灼熱の太陽の真下で、私から健康を閉め出していた。すぐ熱を出しすぐ頭痛を訴える。感受性の強い娘に、母は四六時中看病の心構えでいたようである。／そんな状態で、日本に帰って来た。読書で想像していた日本は、しかし風雲急な東京では影をひそめていた。／憧れは期待ではなかったから、落胆はしなかったけれども、私には四季が順を追って訪れる不思議や、日本人の優秀民族意識にふれて、浦島太郎のようにしばらくぽかんとしていた。

歌舞伎の舞台に酔う

そんな中で、初めて歌舞伎を見た時の印象は忘れられない。故国日本と思い詰めて帰った私に、街路も家並みも懐かしさを覚えさせなかったのだったが、手弁当で劇場に出かけ、舞台に駘蕩としている豊かさと様式美には、強烈な感銘を覚えた。羽左ヱ門を中心とする一座で、今から思えば、寒々しい不親切な舞台だったが、しかし役者の華は、私を充分に酔わしたのである。夢中になって、翌日は吉右ヱ門を観た。他目《よそめ》にも、異常なほど私は舞台の因《とりこ》になった。どういうわけか、ジャバのブルボドールの旧蹟を思い出していた。／多分それは、私の心の中で、釈迦の一代記を壁にも階段にも彫りこんだ石造物が、同じ東洋の芸術という思いで彷彿したのだろう。／戦争が始まると、西欧文明も古典芸術も、芝居同様ごちゃごちゃになって、とにかく、それどころではなくなってきた。私は突如キューリー夫人伝を読んで感激し、将来は理科に進むつもりで、化学物理の入門書を読み耽り、フラスコや試験管を買いこんで、訳のわからぬ実験をやりはじめていた。そしてこの気紛れは、疎開で一応打切られる。／母の実家は、関西の旧家であった。父だけ東京に踏止まって、母と私たち兄弟が、和歌山の祖母の家に暮すことになった。終戦をここで迎え、帰京はそれから二年後で、それまでの間に私はもんぺに下駄ばきの田舎の女学生になりきってしまった。病弱だった幼時と連想できぬほど丈夫になって、私はバレーボールの選手だった。／激しい練習と、対抗試合の度に結束した経験が、大人の本を読み耽って青ざめていた皮膚に、健康と協同精神の注射をした。実際それまで病弱にかまけて、我儘放題になっていた私に、選手生活は相当精神的に苦しかった。上からも、仲間からも、優等生意識は叩きのめされていた。——この間、私は一切の読書から離れている。読書以外に学ぶ方法のあることを私は思い知ったのである。田舎の生活で私の得たものに、もう一つある。祖母と母、母と私、私と祖母、という女三代の相関について、私は興味深い観察を始めていた。

祖母の話に感銘

祖母はまったく昔風の人であった。旧家の生れにも育ちにも、懐疑を持たずに、その生活の中で楽しむものを楽しみ、築くものを築いて、それなりに時流を見る目も備えている。／ところで私の母は、そういう環境にことごとく反撥して、青春時代を過したようだ。祖母の好むところのしとやかさは蹴り倒し、祖母が望む稽古事、針仕事の類は振向きもせず、琴を習わさせられるのを嫌がって、故意にマンドリンを弾いたり、事ほど左様に祖母に逆った。女専に進んで社会主義に目覚めたり、祖母は娘の不出来を、どんなにはらはらしたことだろう。／母の私に対する教育は、だから一切の稽古事を廃し自由主義をモットーとしていた。母も不得手であったところから、家事に関しても料理掃除の類も、お恥しいが、私は仕込まれていない。琴や三味線を習う暇に、私は小学生の頃から漢文などやらされていた。／だが、祖母は私にこう云ったものだ。「お前は母親に似ぬ良い子だよ」。祖母は、私が話し相手になるのを喜んだのである。そして私にとっても、祖母の話は仲々面白かった。母には陳腐ととれる話が、私には珍しくて、興味が湧いた。祖母の背後に、私は豊かな蓄積を感じていたのだ。それは祖母一人の教養ではなく、いわば、旧家の歴史につちかわれた教養だった。／思うに、母には旧家という巨怪な生物の中に棲む煩わしさが、分っていたのであろう。だから、合理主義や近代主義を振りかざし、振りまわしでもしなくては、その患《（ママ）》わしさから逃れ出ることが出来なかったのだろう。そして私には、生れる以前母によって隔絶されたものとしてその煩わしさは、しつこく躰に掩いかぶさるようなものではなかった。私には祖母の背後に抵抗を感じることなく、客観出来る。母には、母自身が無縁でなかったから客観出来なかったのだろう。／私は隔世遺伝という言葉を、妙に生々しい実感で考え始めていた。

岡本かの子に強くひかれる

荒廃した都会に、急場しのぎのバラックが建ち始めていた。が、どんなに変っても東京は東京だ。第一に、人口密度が高い。／帰京と同時に、私に乱読の習慣が戻ってきた。本当なら、そろそろ系統だった読書を始めていい年齢だったが、肝心の本が衣食住の圧迫を受けて揃えられず、常に不如意が、知識欲の貪婪さが、一冊の本を斜め読みする癖だけは殺してくれた。私は、文字に対して、思想に対して、忠実な、精読を始めていた。／高校三年の夏、百冊に近い本の読書録を、私は夏休みの研究として提出した。日割りにして二冊だから、先生も友達も驚いていた。しかし内容は、乱読の乱に尽きる。翻訳、古典、戯曲、現代小説、相手かまわずに私はしつこい読み方をしていた。結果として私は、しかし著者の意図を読むことは出来るようになっていたと思う。／読書に関する、この量的なキャパシティはしかし大学生になった途端から急降下しはじめた。私はやたらに興味をもつ性癖から、脱却してきたらしい。その頃のわが読書カードは、南画史に関する資料、歌舞伎研究の専門書、および英文の戯曲が主であった。乱読時代に、全読書の八割をしめていた小説には、私はまったく興味を失ってきた。／ただ一つ、小説という意味でなく、岡本かの子の作品には強く惹かれていたが、それとてもまだ、その頃は熱中するところまでゆかず、乱読したものがふるいにかけられて、粒選りで残った中の一つにすぎなかった。／疎開前に胸に叩き込まれていた歌舞伎の魅力が、この頃から再び芽吹き、私は専攻の英文学とは妙な取合わせだと自分でも思いながら、小遣いを溜めては劇場まわりをしていた。読書も従って、歌舞伎の脚本を主として近世日本演劇史、型の研究、隈取の研究等々その道の専門的色彩が濃くなってきていた。オニールや、クリストファ・フライなど欧米の戯曲もあわせ読みながら、私は演劇の持つ陰惨性に惹かれている自分を感じ、同じ陰惨も、古典劇ではどんなに温かいことかと、そんな比較も始めていた。

欧米文学に困惑

こういう方向を持つ読書を、当時の私は懐疑していない。小説を後年書くとは思いも及ばなかった。戯曲を書く気もなかった。せいぜい、劇評家になりたいと思うか思わないかの程度で、だから読書について、まったく将来の方針にのっとるなどという方法はとらなかった。今からは、不勉強だったと悔むことがあるけれども、おかげで私は思いつくままに手を拡げ、また深く掘下げることも、情熱的に出来ていたのである。／読書に体力がいることにも、気づいてきた。歌舞伎の研究と度繁《ママ》しい観劇とは、英文科の学生生活と併行させるのに、第一に、健康も必要であった。私は、相当無理をしていた。／いろいろな事由もあったが、とにかく私は間もなく一年休学をすることになる。床の中で、読書だけに明け暮れる日がまたまた戻ってきた。／しかし病床の一年で、私は「岡本かの子」を摑んだように思う。濤々として噴き出る彼女の文学は、病弱者には受止めかねる力強さがあったが、私は、それを学んだ。／実は、同じ頃、私は近代文学も読みあさっていて、サルトル、カミユ、カフカの作品に親しみ、なかんずく「ペスト」など熟読し、近代のエゴは云々と、大層ナマな論文をまとめたりしていたのだが、欧米文学を一貫して私には何か物足らぬものがあった。それはどうも、生活基盤が異質な為のように私には思われる。ちょうど、戦前ジャバから帰ってきた時のような困惑が、私は翻訳文学と向いあう時、必ず起るのである。念のために云うがそれは抵抗でも反撥でもない。内容を疎と思ったわけでもなくむしろ私は常に学んでいたのだ。

歌舞伎の世界と英文学の世界

紙数が足りないので、詳しくは書けないけれども、当時私は、信仰の問題でもゆき詰っていた。少女期、感傷も手伝って飛込んでしまったカトリックに、私は最初の無批判を反省すべきときがきていた。それは決して、宗教組織や、教理に対する抵抗ではなかったのだが、私が子供の頃から今に至るまで、抱き続けている東洋に対する愛着が、西欧文明を牛耳ってきた、あるいはかいぐりぬけてきた宗教と、何かにつけてズレてくるのである。／そんなとき、岡本かの子の作品を底流（ママ）れる大乗哲学に、私は限りない魅力を感じた。それまで私は、日本の古典について虚弱と断じて近寄らなかったのだが、ひょっとすると古典文学には、かの子のような力がいろずんで残っているのではないかと思った。／すぐに思い当ったのは、またしても歌舞伎さらに、能であった。そこには沈潜して堆積した「力」がある。私は丈夫になろうと思った。伝統につちかわれたものには根強い力がある。それを継承あるいは摂取し得るものはそれらが伝承されてきた生活のなくなった今は、若い力だけだ。／それまで方針のなかった読書に、ようやく道筋がつくようになった。私は鶴屋南北の作品を見詰めて、歌舞伎の研究を進め、岡本かの子の小説を手許にして、古典文学を読みはじめた。／そうしてみると、英米文学を専攻することは一見無意味のようにも思えたのだが、幸か不幸か、卒業が迫って、私はしがみついて読みたくもないテキスト勉強を、しなければばならなくなっていた。試験制度は、大学でも大局的な学問を、一応は捨てさせる。ようやく方針のきまった私に、これはかなり辛いことだった。しかしテキストの一つが、はからずも近代心理学の専門等であったために私は、貴重な勉強をした結果になった。どうも結論として云えることは、何を読んでも無駄にはならないということだ。

古典を理解出来るモダニスト

卒業後しばらく、私は学生時代に投稿その他で、コネの出来ていた演劇雑誌の編集を手伝ったりしていたが、秘かにこれまでの勉強がかたよるのを怖れて、私のそれまで専らしてきた知識とは、まるで無縁な出版社に勤めることにした。／そこでまず驚いたのは、歌舞伎などに熱中している私が、「若い者に似合わぬ古い趣味だ」と見られたことである。／私は茫然としていた。同じ年代が揃っている大学では、ついぞ云われなかったことだ。私はにわかに自信を喪失して、世間で「新しい」と言われていることは、何かと注目するようになった。／結果、私は決して私自身を古いとは思わなくなった。／というのは、こういうわけだ。手っ取り早く例証を挙げよう。／歌舞伎の世界は外地で物心ついた私には、別天地であった。／私は自分の生活にはつながらぬ芸術として、舞台を見ていられる。ところが、私たちより上の世代は、この舞台に片足入っているか、あるいは何らかのつながりを生活に持っている人たちである。／あたかも、私の母と、私の祖母とのように。古いというのは自分が連なっているものを見返ったときに出てくる言葉であるようだ。彼らは新しくあるために、どうしても古いものをふっ切らなくてはならなかった。破壊主義は、こういう時に生れる。／西欧文学が、新しく思われるのもこういう時だ。／その次代の子供である私たちには、幸か不幸か抵抗すべきものはなくなっていた。おかげさまで、と云わなければならないかもしれない。／戦後十年、旧来の陋習は打破され、重い殻は砕かれ、大人たちは自分たちの苦難を後進には繰り返さすまいと、私たちに極めて寛容である。おまけにいろいろな国のいろいろな文学が、新しいのだぞとばかりに、よりどり見どり目の前に並べられた。／親切な大人は、しかし彼ら自身の手から生み出したものとして、私たちに譲渡すべきものは、何も持たないようである。私たちは彼らが新しいといったものを、なんの苦もなく自分たちのものにしている。／大人たちが、若い頃に、噴出する若い力を古い壁に力一杯ぶつけた、壁を破って突抜けたそんな生活が、私たちの世代では起らないのである。壁は後方で壊れている。とすれば私たちが若い力を駆ってすることは、いたずらに方向も定めず走ることだというのだろうか。／私にはどうも、壁の向こうに置き去られた遺産が気になる。勿体なくて仕方がない。旧時代の残滓を生活に持たない私たちには、遺産を担う力がある。／モダニストが古典を本当に理解できる——という考え方を、この例証から導いては、飛躍に見えるかもしれないが、私は、私の祖母との交流から、感覚的にもそれを信じることができるのである。

小説を書き始める

英文科を卒業した肩書で、時折外人の歌舞伎ファンと交際をするようになると、なかに専門的な研究家も現われて、私はこの人たちから彼らの「近代への批判」を聴くようになった。／そして私は、さらに私の信念を確としたのである。彼らは東洋を見つめ始めていた。歌舞伎も、日本の古典文学も、彼らには新鮮な魅力だった。単なる異国情緒だけが彼らに目を瞠らさせているのではないのだ。／同時に、私は私より若い人たちの中に、意外に多くの古典ファンを発見していた。彼らがそれを見る眼には、趣味の臭みがない、隔絶した世界からの、新鮮な感覚である。私が外地で、幼時を過ごしたと同じような体験を、この人たちは日本にいて、身につけているのだった。／私が小説を書き始めたのは、その頃からである。理由とか目的とか先立って考えたものはなく、急に書けるようになったというのが正直なところだが、私のそれまでに問題としてきたことをひろげたり、まとめたりするのに、多分この方法しかなかったのかもしれない。

祖母の病床にて

昨秋、祖母が脳溢血で倒れた。半身不随となって医者が首をかしげ、姻戚は集って看病したが、私も駈けつけた一人であった。中風の特徴とかで脳は冴えきって、しきりと話をしたがる。／安静をとる必要から枕辺で本を読むことになった。新しいものでは疲れるというので、日頃彼女が愛読している「増鏡」を朗読することになった。／私には相当に難解な書で、読むだけが精一杯だったが、誰も寝静まった深更、旧家の奥まった一室で私は私の声と、祖母の顔と結びあう実感にひしと包まれていた。／祖母の死後、「増鏡」は私の手許にある。そして私が、時にそのことを思い出しても、それは決して感傷ではないのである。／隔世遺伝という言葉を、私は信じている。読書によって、昔の人たちと親しみ、私は伝統の断絶を防ぎたい。

【2】「生きている歌舞伎」

〔解説〕『ずいひつ』（新制社、昭和三十三年九月十日発行）五十一頁〜五十三頁に収録。本書の帯（表）に、石原慎太郎「有吉さんの随筆」が刷り込まれている。「有吉さんの随筆は、言わば才女の才筆のエッセンスの如きものだ。しかし、非常な技巧派の彼女の手になった小説以上にこうした随筆の方が平常の彼女を身近に感じさせる。と言うことは、彼女の才気が決して走ったものではなくて我々の嗜好に心憎く出合うものであることの立証だ。」などと記されている。同書は四六判、本文二一一頁、定価二九〇円。帯（裏）に「いまや、有吉時代だ！とすら、ジャーナリズムに叫ばせた当代無比の才女が、大胆な発想と、歯切れのよい筆致で鮮やかに裁断する文学・演劇・恋愛・結婚・酒・男性Ｅ・Ｔ・Ｃ……。／マスコミを逆手にとって縦横に活躍する著者の溢れるような若さの魅力と、驚くべき才能が結晶した最初の随筆集！」とある。本書収録本文の初出は未詳。書下ろし随筆集か。本書は、有吉佐和子のそれまでの歩みと人生観が凝縮された一冊である。

＊

年代から云っても、それから感覚そのものについて考えても、私は純然たる戦後派である。だから歌舞伎に関し、故名優の逸話だとか、昔々の型だとかいうものには新鮮な感動を覚えることはあっても、郷愁という形で懐しみを抱くようなことはない。／お茶屋制度の名残りみたいなものが、ときどき発見されたり、復活されたりしても、私は一向にピンとこないのである。おそらく錦絵のような顔だとか、色だとか云うものを感じて同じように悦に入っていても、オトシヨリと私たちとでは感覚がまるで違っているのではないだろうか。彼らは懐古するものを持つが私たちは持たないのである。／私にとって歌舞伎の最大の魅力は、それが現在「生きている」ということだ。そして、それを最も強く感じさせてくれるのが「菊五郎劇団」である。／何よりも若い。年齢的にも万年青年といわれる市川左団次丈がいるし、優秀な若手が揃っているし、松緑さんも梅幸さんも、いつまでたっても大御所然とオサマリカエル気配がないし、若い世代がこだわりなく溶けこめる親しさが劇団一杯に充ち満ちているのが有難いのである。／私は去年「楢山節考」でいい仕事をさせて頂いた。学生時代に私たちが集って作った歌舞伎研究会の顧問をして頂いた関係があって、松緑さん羽左衛門さんとはお顔なじみだったから、私は恩師と一緒に仕事をしているような楽しさだった。／しかしいわば門外漢に等しい若輩が、いきなり入って自由に呼吸できたというのは、菊五郎劇団が歌舞伎という三百年の歴史を担いながら、しかも現代に生きている証左なのではないかと思う。／俳優個人の生活が、外部の人たちからは想像もできぬほどモダンなのも、この劇団の特徴ではないだろうか。舞台の上で世話物や新作のさわやかなテムポを生み立たしている源泉をみるような思いがする。／劇団の結束の強さについては周知のことだ。それが古典に対して、熱心な研鑽を重ねているのは本当に頼もしい。真の現代人が、古典の最もよき理解者たり得るのだという私の持論が、菊五郎劇団に於いて具現しているのを見るのはまことに欣快である。若い世代が期待をかけ、声援を惜しまない理由は、実はそれに他ならなかった。

【3】「事実と芝居と」

〔解説〕歌舞伎『龍安寺秘聞――石の庭〈三幕六場〉プログラム』（昭和三十四年五月）二十頁に収録。有吉佐和子原作、松浦竹生演出、古川太郎作曲、和田三造美術、相馬清恒照明。歌舞伎座を舞台に、六月二日から二十六日まで、菊五郎劇団によって上演された。市村羽左衛門、尾上松緑、梅幸、坂東鶴之助らが出演。この年、「紀ノ川」の連載が始まる。「実在の事物や人物」と「物語」との関係について記した貴重な資料である。なお、戯曲「石の庭」は文春文庫『ほむら』（文藝春秋、平成二十六年十二月）に収録されている。

＊

実在の事物や人物を配した物語を聞いた人々は、例外なく実際と空想との境界について興味を持つものです。書いた作者は親しい人々から必ずこうした質問を受けることになっています。「どこまでが事実で、どこからがフィクションなのか――」／京都の竜安寺を舞台とした「石の庭」は、一昨年の芸術祭に当って大阪NHK・TVから放送されたものです。「小太郎末二郎の兄弟は、あなたの創作ですか、奨励賞を頂いた後も、私はよく訊ねられたものです。」／今度、菊五郎劇団の人たちによって、「石の庭」が舞台に築かれるわけですが、この機会に、右のような質問に備えて、事実と芝居の相違点や、私のフィクションの種明かしをしてみようと思います。本来ならば、そんなことには頬かむりをしているのが作者の特権なのですが、何しろ竜安寺の石庭ということになると仲々うるさい方々が多いので、ここで一時に公開しておこうというのが、本心なのです。／さて、今でも竜安寺の石庭は、室町時代の名庭にその名を残している相阿弥の作と伝えられていますが、学者の研究によれば相阿弥は足利将軍に同朋衆として仕えた絵師で、美術の鑑定家として名高いけれども築庭の事実はないのだそうです。しかも竜安寺が建築されるずっと前に死んでいます。／では石庭の実際の作者は誰かという疑問に答える史実は皆無で、当時四条流という造園術を持つ庭師が居て多くの仕事をしているということは分かっていても、さて石庭と四条流を結びつける確証がありません。学者は仮定や推論をみだりに振廻すことができないので、今までのところ右の二つはバラバラの研究になっています。／一応、応仁の乱以後、堂上人の間に盆石が流行していたらしく、学者でそれを論じた人はまだ知りませんが、素人考えでは、石庭のヒントは盆石ではないかという憶測ができます。／さて、こうした取っかかりのないものがある一方で、竜安寺の石庭で今もって明らかにされていないものがあります。それは他でもありません。庭一面に敷きつめられた白砂の中に散在する高い岩の一つに、本堂から見えない岩の裏に、小太郎、末二郎という二つの名前があるということです。古く刻まれたもので、末二郎の方は、徳二郎とも読めます。小さいけれども勢のある仲々いい字です。今は、銭苔の蒸した岩ですが、よく見ればはっきり判読することができます。／誰の名前なのか、竜安寺の記録にもありませんし、今はそこにその名があることを知っている人も稀です。端によった低い岩の、しかも裏に彫ってあるのですから、滅多なことでは人の目にふれません。／細川家の菩提所として建立された寺ですから、細川家に縁ある者が密かに旧主に仕える心を刻んだものか、あるいは石庭に運ばれて来る前から刻まれていたものなのか、それにしても名前だけ幾百年の後まで残っても、それがどう生きた人の名前か分からないというのは、現代の名利に走る人々に対して示唆的だと思われます。／この辺りから、私の想像力が働き始めたのでした。人間と仕事と名前と――。人間には誰でも名を揚げたいという欲望があり、その一方で、有名になるのは愚劣なことだ、大切なのは仕事なのだと思う心があります。誰にでも必ずこの二つの考えが頭の中で葛藤しているのではないでしょうか。私は、それを小太郎と末二郎の二人兄弟に語らせてみたいと思いました。／名前というのは怖ろしいものです。庭師でもなければ生きてもいない相阿弥が名庭に名を残すような事柄は、必ずしも現代に例のないことではありません。私たちの身近にどれだけの小太郎と末二郎がいるかと思います。その中に私も含めて、私は生きることと仕事との結びつきを描かねばならないと思いました。／舞台では、且元の娘白妙も私の創作です。かよももちろん創作しました。竜安寺と石庭は着工から竣工まで十年近い年月がかかっていますが、芝居の上では一年そこそこになりました。また、二人の名を彫った石は、舞台効果を考えて、実際は端の小さな石ですが、中央の大きな石ということにしてあります。その他、細部に演出の面から時代考証を超越した部分もありますが、芝居としては已むを得ないことだと思っています。

【4】「わが文学の揺籃期　偶然からの出発」

〔解説〕『新潮日本文学57　有吉佐和子集』月報3（昭和四十三年十一月）一頁〜五頁に掲

載。大江健三郎「日本の児女よ奇志多し」が併載されているので、その一部を紹介する。「佐多稲子氏はじめ、わが国の女流作家たちに、僕が遠方から敬愛の念をいだいている人々があることはいうまでもないが、個人的に親しくしていただいている方があるわけではない。それでも、いわゆる講演会旅行に御一緒させていただいて、様ざまな重い印象をあたえられた、円地文子氏や平林たい子といった秀れた女流作家の思い出は、いまも生きいきしている。また、とくに石川達三氏、有吉佐和子さんと沖縄に旅行した際、この中華の人々に深く愛されている女流作家が、まさに、日本の児女よ奇志多し、という詠嘆にあたいする個性をそなえた人間であると印象づけられた記憶など、そのもっとも鮮明なもののひとつである。竹内実さんにしたがって奇志とは、卓越した志という意味に理解したい」。沖縄への旅行中、ドルの持ち合わせが少なかった大江健三郎の懐具合を察知した有吉佐和子が、先に帰途につく出発間際にホテルの支配人に託した大江宛の封筒には、ドル紙幣の入った金一封とメモとが入っていた。後日、入院中の彼女を金一封と薔薇とを持って見舞った大江は「この沖縄への旅と有吉さんの厚意をめぐる思い出は気持ちの良いものとして残っている。」と記している。また、「有吉さんの小説はまことに広くむかえられながらもつねに有吉さん独自のものであって僕が注文をつける必要などはないが、蛇足をつけくわえれば彼女がわが国の秀れた女流作家たちの達成のうち、とくに野上弥生子氏を高い頂点としてめざすことは彼女の資質の完成のために有益であるかもしれない。」と結んでいる。以下、有吉佐和子による書き出しの外地での体験談は省略し、父に関する箇所から紹介することにする。

＊

私の父は学生時代から有島武郎の家に出入りしていた数人のグループの一人で、その中には後に社会党代議士になった原彪氏などがいた。有島先生が亡くなる七日前に書いて頂いたという書やサイン入りのホイットマンの詩集などを大切にしていて（これは今でも私の家にある）自分は有島武郎の門弟だなどと言ったりしていたが、文学作品としては夏目漱石の方が好きだったと思われる節があった。外国生活の多い半生であったが、父はどこへでもこの二つの全集は持ち歩いていたようである。／小学三年生になって、母の読み終った「キューリー夫人伝」を手にとってから、それまでは読むだけだった私の読書態度が一変した。私は世界的な科学者たらんことを志し、それを両親に向って宣言し、親どもは再び喜んで、科学書をどんどん日本から取り寄せてくれるようになった。私の父方の曽祖父は長州三田尻の藩士で松下村塾を出てから維新前後に京都に上り、西陣で当時最新の機織技師の元締めをしていたらしく、明治天皇西陣行幸の際に先導の役をつとめ、紋付きの袖が機械に巻きこまれ、それがもとで死んだ。祖父は明倫校に学び建築家になって、幾つかの満鉄ビルを設計していた。私の母の従弟《（ママ）》はビタミンAの発見分離に成功した科学者だった。こんなわけで私にも理系の才能があるに違いないと両親は口々に言った。以来、大学に入るまで私は文学とは全く無縁の少女時代を送ることになる。／試験管やフラスコを並べて、煙を出したり何かしていた時期は、しかし戦争で中断された。私は母の郷里和歌山に疎開し、和歌山高女は校舎の焼けあとで芋畑を作っているというので終戦まで転校せず、蔵のなかにある母方の祖父母や伯父たちの蔵書を手当たり次第に読むことになったが、そこには小説に類するものは少なく、哲学書と漢書に洋書ばかりだった。祖母は娘時代に実家の兄と共に神戸のイギリス人の家に預けられて勉強していたので、私はこの時期に彼女から英語の手ほどきを受けた。一抱えもある大きな英国皇室史がテキストだった。十八世紀風の発音と文法を習ったことになる。漢文の方は、日本に帰った小学五年生のときから花崎采琰先生にいらして頂いて、孝経と日本外史を白文素読していたから、どうにかとりつけた。しかし一番興味をもって読んだのは難解な言いまわしの多い哲学の本だった。伯父は父と同じ東大法科出身だったが、哲学書をむやみと蒐めてあった。／こうして、どちらかといえば硬派の読書続きだった私が、自分でものを書く契機としたものは、東京に帰って歌舞伎にとり憑かれたことだと言えるかもしれない。外見は美しい植民地から荒廃し始めている非常時の東京に帰り、敗戦を迎えて更に故国の幻滅を深めていた私に、それは強烈な美に対する意識を呼びさまさずにはいなかった。科学にも哲学にも、こういう妖気はなかったと私は考えた。当時、歌舞伎の専門誌として「演劇界」があり、俳優論を毎月募集していたので度々投書するうち編集長であり劇評家であった利倉幸一氏に呼ばれ、歌舞伎好きの外国人とのインタビューという連載記事を書くことになった。書いたものが活字になるという喜びを私は満喫しながらこのアルバイトに精を出した。企画は毎年変ったが、学生時代から三年も続けて連載を書かして下さったのだから、利倉先生が私を物書く道へ手引きした最初の一人だと言えると思う。／しかし小説を書く方は、まったくの偶然から出発した。大学卒後、入った出版社に「白痴群」の同人がいて、たまたま同誌が経済的危機に直面していたため、同人の頭数を殖やす必要にせまられ、私は会費徴収を目的として勧誘されたのである。／そんな事情とは知らずに「君は小説がかけるよ、きっと」などと言われて、そうかと思い、生れて初めて書いた短編が、その「白痴群」始まって初めて朝日新聞の同人雑誌評に取上げられ、高山毅氏に激賞された。私はびっくりし、その後、音をたてて変っていく私の周辺に驚きながら書き続け、ある日ふと自分はどうなるのだろうかと立止まった。その時点で「紀ノ川」を書いた。文字通り背水の陣であった。／その直後にロックフェラー財団の招きでアメリカに留学した。筆を止めて何も書かずにいた一年間が、私に自覚をもって作家になることを決意させていた。帰国の途次ロンドンで、私が最も尊敬しているクリストファー・フライの門を叩き、二週間通いつめて私がある種の開眼をしたことについては、もう書く紙数が尽きたから、いつかの機会にゆずることにしよう。

【5】「ゴージャスなもの」

〔解説〕『演劇界』（昭和五十二年一月号、第三十五巻第一号）六十八頁〜六十九頁に掲載。有吉佐和子の出発期において、『演劇界』の利倉幸一、松竹の大谷竹次郎との出会いと、その影響について記した貴重な資料である。海外での幼少体験と戦後に帰国した彼女が、なぜ演劇の世界に魅力を感じたのか、その心の変遷が記録されている。

＊

日本で生れはしたものの四才のとき外国へ行って、十二才までジャバで育った。今のインドネシアだが、当時はオランダの植民地で、原住民の被搾取と忍従の歴史の上に白人社会が天国のように構築されていた。そこではイギリス人とオランダ人が一等国の人種として扱われ、日本人とアメリカ人は二流の外国人と位置づけられていたが、それはしかし華僑より高い位どりであり、原住民がアンペラ小屋で暮しているのに私たちは大理石を床に敷きつめた白亜の館と、テニスコートが二つもある裏庭や、ひろい芝生の前庭を持ち、自家用車と十数人の召使を持った暮しをしていたのだった。／紀元二千六百年を、私はスラバヤ日本人尋常小学校で迎えた。常夏の国で、校長先生はモーニングに縞のズボン、白い手袋を身につけ、酷暑の下で茹で上った顔から滝のように汗を流し、「世界に冠たる大日本帝国の臣民」として生れた私たちの幸福と義務について大演説をなさった。全学二百人ばかりの生徒たちの多くは南京町に住む小商人たちの子供だったから、みんなポカンとして校長先生がどうしてこんなに興奮しているのか訳が分らなかった。子供たちの生活感覚からいって、日本が世界に冠たる国であるとは信じられなかったからである。実際、当時からあの国で最も隠然たる力を持っていたのは華僑であった。オランダ政府でさえ一目も二目もおいていたのだ。／私自身が、よく召使の子供たちから、親指を出して支那がこれ、小指を出して日本がこれと揶揄された経験を持っていた。／しかし望郷の念というものは、年とともに募るものである。親も教師も日本のよさと美しさばかり日夜もの語るのだから、私の胸の中で「日本」は荘厳に美化される一方だった。小学校では、春の次は夏で、次が秋で冬だと、私たちは暗記させせられた。夏しかない国にいるのだから、この順序を覚えるのは日本しか知らない日本人には想像も出来ないほど難しかったのである。春には桜の花が咲く、秋は紅葉だ、冬は雪だ。これも書物で得た知識であって、夏はジャバと同じようにブーゲンビリアが咲き乱れ、マンゴスチンが食べられるものと信じていた。／それだけに、十二才で日本に帰ってきたとき、非常時に入っていた祖国を見て、私の失望は大きかった。日本人の家は、驚くべきことに木で出来ていた！　神戸港に降り、東海道線で上京するとき、窓外には水田がひろがり、その中に手足を浸かって田植えしている人々を見て私は大声で叫んだ。「あら、日本にもジャバ人がいるのね！」百姓も車掌も東京駅の赤帽も、みんな日本人と聞かされたとき、私の受けた衝撃が、どんなに大きかったか。やはり誰にでも分ってもらえることとは思えない。／東京で、私は下町の学習院と呼ばれている国民学校に転入した。そこには水洗便所がなかった。まるでジャバ人の学校みたいに！／町は狭く、穢く、緑の芝生も、明るい大きな杜もなかった。表通りが狭くて、うす汚れた小さな車が走っているのを見ると、これが日本かと情けなかった。たまに洋館があっても、小さくてみすぼらしかった。女の洋装は、おそろしくみっともなかった。母が帽子をかぶり、ハイヒールをはいて颯爽と歩くと、みんな立ち止ってびっくりして眺めていた。弟をのせた乳母車でさえ、みんな目を丸くしていた。私たち一家は、まるで外国人のように好奇の眼の集中を受け、母は慌てて実家から和服類を取り寄せるようになった。／私が国民学校へ着ていくドレスや、私の言動が、米英的だというので、教師が母を呼び出しては叱りつける。私は途方にくれ、よく学校を休んだ。父が休日に上野の精養軒へ連れて行ってくれた。「ライス・ターフェルが食べたいわ」と私が言うと「日本には、ああいう贅沢な食物はないのだよ」と父が悲しそうに言い、私たちは鯨のステーキを食べた。この世にこんな不味なものがあったのか、それも日本に、と私は呆れ果てた。／日本料理は、刺身といい、浸し菜といい、焼魚でもさつまあげでも、みんなオードブルみたいだと私は思った。私が生れる前にはニューヨークや上海で数年ずつ過ごしていた両親は、ローストビーフを食べている国と戦争していたのでは勝てる道理がないとよく言っていた。／大東亜戦争の緒戦で、日本軍が華々しい戦果を上げている頃、「でも敗けるのよ、日本は」と私が学友に言い、告げ口されて教師からぶん撲られた。子供心ながら、だけど、こんなに貧しい国が、どうしてアメリカ人より位の高いイギリスやオランダ相手に勝てるのだろうと、私は腑に落ちなかった。／そんなある日、父と二人で歌舞伎座へ出かけた。六代目菊五郎の『藤娘』と、十五世羽左衛門の『源太勘当』、今の歌右衛門や梅幸が一日がわりで千鳥を演じていた。私は客席にいて、その舞台の絢爛豪華さに圧倒されていた。私の求めていた祖国はこれだと思った。溜息しか出なかった。ただただ美しかった。贅沢というものが横溢していた。「いい子にしているから、明日もみたい」と私は言い、翌日は母と二人で並んで見た。一高生時代菊吉に熱中していた父と違って、母は関西の人間だから、しきりと梅玉などを懐かしむので、私は不機嫌になった。／これが、歌舞伎との出会いである。／吉右衛門の幡随院長兵衛、染五郎の水野十郎左衛門（どちらも先代なり）、を見たときなどは全身が痺れた。親にねだっては連れて行ってもらった。六代目の筆屋幸兵衛は狂ったときの眼が怕《こわ》くて、何度も夢に見て、夜中に親を起こして泣いた。それ以来、今日に到るまで不眠症に悩まされている。／戦争に敗けたとき、私を撲った教師が妙に懐しかった。日本以外の国を知らない人は、政府の言うなりに一途に勝つと思い詰めていたのだろう。東京は一面の焼け野原で、疎開先から帰ったとき、これから日本人は、ジャバ人のように白人にこき使われて暮すことになるのだろうかと不安だった。だから、インドネシアの独立宣言は他処事と思えなかった。私もスカルノのように民族意識に燃えたち、だんだん反米的な思想を育てていた。かつては米英的だといって、教師に睨まれていた私だったのに。／焼け残った東劇を根城にして歌舞伎が甦ったときの喜びを、共に語りあえる人がだんだん少なくなる。先代海老蔵は、十五世橘屋とは較べるべくもなかったが、しかし焼土にあっては華であった。あの助六は、ちょっとニヒリスティックで、本当の助六はもっと明るくあるべき等とは思いながらも、歌舞伎が再び息を吹き返したのは、この上ない喜びだった。／外国に向って誇れるゴージャスなものは歌舞伎だけだと私は今でも思っている。他のいわゆる日本的なものは、みんなトランジスターなみにチマチマしていて、豪宕《ごうとう》痛快なものがない。／学生時代、戸板康二氏が歌舞伎研究を平明清潔な文章で次々と上梓され、それが私には歌舞伎への正しい導き手となった。熱中するあまり「演劇界」に投書したのが縁で、編集長の利倉幸一氏に拾われ、三年も続けて書かせて頂いたのが、私がもの書きになる端緒となった。有りがたいことに利倉先生は今もこの「演劇界」の編集長であり、不思議なことに戸板先生はその後小説もお書きになって私を戸惑いさせている。／今は亡き大谷竹次郎翁に私を推挽して下さったのも利倉先生で、劇作家として私は歌舞伎畑から出発したのは今でも幸運だったと思っている。

【6】「〝老い〟をみつめるのは辛い」

〔解説〕『有吉佐和子選集』〈第二期〉「月報1」（昭和五十二年八月）一頁〜四頁に掲載された。

本稿は『波』昭和五十二年八月号掲載の談話記事からの抜粋。「恍惚の人」を書き終えた頃（一九七二年）の写真がある。ここでは、「月報1」の文章を再録した。

＊

これまでの約十年間に書いた小説が、私の第二期選集としてこの八月から刊行されることになったのですけれども、改めてふり返ってみると、よくこんなに沢山書けたな、と自分でもびっくりしております。みかけより体力が無くて、いつも寝こんでいたみたいだったものですから。（中略）／小さい頃から虚弱体質で普通の人よりずっと体力が無いのに、書く時は並み以上のエネルギーを必要としますでしょう。並以下の体力で引張り上げて書くわけですから、書き終えたときには普段の体力よりも一段落ちこむらしくて、たいがい大仕事のあとは寝こんでますね。『出雲の阿国』のあとも『恍惚の人』のあとも『鬼怒川』のあとも寝こんでいます。三月ぐらい具合がおかしくなって、医者にも病名がわからない、時間が経つと元へ戻ってくるのですけれど。／『恍惚の人』はいろんな意味で私にとってエポックメイキングな作品といえますね。内容からいっても、今の私だったら絶対に書けないでしょうし……。私自身、まだ老化現象の入り口にいて、あれって思った時期だから書けたのですね。書き上げた当座は、これからもじっと己の老いをみつめ、書いていきたいなどと言いましたが、今はもう、じっとみつめるのは何て辛いことなのだろうと思っています。あんまり辛くて、とてもじゃないけれど今なら書けませんよ。ただひたすら耐えて、みつめるのが精いっぱいです。／しかし、それよりも何よりも大きなショックだったのは、驚くほど売れたということですね。それで世間の私をみる眼が非常に変わったのね。これはもう驚くなんてものじゃない、一種の神経衰弱みたいになりましてね、二月ほど入院しました。例によって理由の全くわからない、医者は〝無熱性肺炎〟って言ったのだけれど、これはいつもの、書き上げたあとのエネルギー損失のせいではなくて、本が出たあとの、反響の凄まじさから受けたショックだったのでしょう。大変売れたことと、思いもよらない批評を各界から受けたこと、そして世間がワァワァ言うわりには文壇が冷たかった、そういうショックがかさなりましてね。でもそういったことが一つのスプリングボードになって、他人の言うことがあまり気にならなくなりました。／亡くなった評論家の日沼倫太郎さんが、「理解は誤解だ」という偉大な言葉を残しておられるのですけれど、私の場合、殆どいつの場合でもそう思いますね。そして誤解が多ければ多いほど、ひょっとして、ひょっとするといい小説かも知れないって気がして、自分を慰めているところがあります。／学生の頃は英文科に籍をおきながら歌舞伎が好きで、シェークスピアを読みながら夢中で歌舞伎を観ていました。今から考えると無知とは怖ろしいものだと思いますけれど、とにかく何でもいいから古典演劇の周辺で仕事をしたいと思っていましたが、当時はその周辺に女のする仕事はなかったし、何となく小説書きになる道が自然に開けてきて、現在に至ったわけです。二十一歳のとき生れて初めて書いた小説が、新聞の同人誌批評にとりあげられて、それから私をとりまく環境がガラッと変ってしまって……。でも本気で書こうと意識したのは、ずいぶんあとになってからで、最初のころはチャランポランでしたね。／今、改めて気づいたのですが、第一期の選集に収められた作品より、今度の第二期に収められた作品の方が、当りまえかもしれませんけれど、作家としてはっきりプロ意識を持って書いたと言えますね。どんなつまらない問題でも、ふつうだったらとても小説のテーマにならないものでも、読ませずにおくものか、といった技術でね。／原稿の書き方なんかも、以前とはかわりましたね。少しずつでいいからずっと書き続けたいという気持ちがありますから、一日に十枚位ずつコンスタントに書いています。／朝、起きるとすぐ机に向かいます。ということは、前日まで書いていた小説の世界で目があくわけです。文化文政時代を書いていれば、その時代で目があくの。滅多にないことですが、たまに二つの作品を重ねて書いている時期には、明日はこっちの小説世界で目覚めようなんて思うと、ちゃんとその中で目を覚ますんですよ。そして十枚だけ書くのです。どんなに調子が出ても、絶対に十枚しか書かない。十枚ぐらい書くとエンジンがかかるんですけど、かかったらストップするという方針でやっています。エンジンがかかってからの文章は、私の場合、どうしても粗くなってしまうのね。本当は、エンジンのかかるまでがとっても辛いのですけれど。（中略）／結果的には、この十年は大体一年一作になっていますけれど、私の場合、二年に一作ぐらいがちょうどいいペースではないかと、いよいよ、心しているところです。／私の日常は大体午前中に十枚書いて、午後は電話をかけたり、人と会ってお喋りしたり、推理小説を読んだり、芝居を観に行ったりで、それはもう、極く普通に暮しています。／私は、とにもかくにも人間を書くことが、即ち小説であると考えていますから、いわゆる取材というのは殆どやりませんね。勿論、自分の経験できないこと、知らないことは勉強したり、話を聞いたりしますけれど、取材をして何かの問題を抉るということはありません。『恍惚の人』や『複合汚染』などにしましても、よく言われるように社会派小説として取材してできた小説ではなくて、ふとしたときに自分の老いに気づく、あるいは自分をとりまく汚染に気づいたことがきっかけで、それから

七、八年間、普通に暮している中で、先覚者の方々の研究や、運動体のお手伝いを私なりにしてみようと、考えに考えたものなのです。それが結果的に非常に多くの方に読まれたということですね。

【7】「いい舞台に期待して」

〈解題〉〈追悼公演「紀ノ川」〈中日劇場・昭和六十年十一月二日〜二十八日〉のパンフレットに掲載。本文は、昭和五十三年一月、帝国劇場公演パンフレットからの転載記事。大藪郁子脚本、本間忠良と有吉が共同で演出した。文中にある「松竹映画」の「紀ノ川―花の巻／文緒の巻」は、昭和四十一年六月に公開された。久板栄二郎脚本・中村登監督、花を司葉子・文緒を岩下志麻が演じた。なお、この時の映画の撮影舞台となったのは当時の桃山町（現在、紀の川市）の旧家津田家屋敷と奥家屋敷が使用された。『桃山町誌歴史との対話』（平成十四年三月、和歌山県桃山町）には、文緒が自転車に乗り、母に叱られる場面を指して「最上の奥家屋敷の門前で撮影されたこの場面で、自転車は旧い女と新しい女の世代交代を暗示する小道具として使われている。」（一六一頁）という指摘がある。

＊

「紀ノ川」は、私の若い頃の代表作で、書き始めたときが二十五歳だったと思います。それから二十二年たっても、小説は毎年コンスタントに版を重ねていますし、若い読者にもその都度出会っているようです。／今日、ＮＨＫの大河ドラマと称されているものも、最初の試みは大阪で製作された「紀ノ川」でなされました。南田洋子さんが主演でした。松竹映画の「紀ノ川」は、そのテレビの直後に製作されました。主演の司葉子さんが、女優としてはなやかに開花し、数々の演技賞を獲得したことは御記憶の方も多いと思います。（中略）／昨年来、健康がすぐれませんので、今回は私が演出いたしませんが、プロデューサーを始めとして、装置の古賀さんも、脚色の大藪さんも、演出の本間さんも、つまり製作スタッフは、みんな私が仕事をするときの常連とも呼べる人たちです。信頼をもって一切おまかせしてありますが、きっといい舞台を作りあげてくれるものと期待しています。／出演者は、司さんを始めとして、役のイメージにぴったりの方々が揃いました。毎度申すことですが、私はいつも役者運のいい作者なのです。／私の小説「紀ノ川」が、帝劇という大舞台一杯に流れるのかと思うと感慨無量なものがあります。青く、優しく、戦争があっても、戦争に敗けても、平然として流れ続けている紀ノ川。それは若い私が、「国破れて山河あり」と気負って筆を持っていたときのことをまざまざと思い出させてくれます。随分昔から書いていたものだと思います。これからも書き続けるつもりですけれども。

〈注〉文中の「ＮＨＫ大河ドラマ」の「紀ノ川」は、昭和三十九年（一九六四）十月二十八日〜翌年三月三十一日まで、毎週水曜日二十時三十分〜二十一時まで放映された。南田洋子が花を演じた。他に、毛利菊枝、谷口香、垂水悟郎、西山辰夫、清水将夫、赤木備子らが出演（『テレビガイド全史　一九五三〜一九九四　ＴＶガイド』東京ニュース通信社、平成六年五月、参照）。なお、『九度山町史』（昭和四十年十一月）には、和歌山県伊都郡九度山町入郷の旧家岡家の座敷や慈尊院が、この時の撮影の舞台になったことが記録されている（四〇二頁、参照）。

【8】「『演劇界』は私にとって育ての親」

〔解題〕『演劇出版社30年』演劇出版社、昭和五十四年十月二十五日発行・非売品）九十六頁～九十七頁に収録。昭和二十四年（一九四九）年四月、有吉佐和子は東京女子大学英文学科に入学、父の急死で短期大学部に転入する。その不幸を乗り越えて、彼女は歌舞伎や教会、また社会問題等にも積極的に取り組んでいる。その実りの一つが、演劇専門誌『演劇界』に投稿した「懸賞俳優論」二等入選であった。昭和二十六年（一九五一）のことである。「尾上松緑論」（五月）、「中村勘三郎論」（八月）、「市川海老蔵論」（十一月）がそれであり、以来、編集長・利倉幸一の下で、大学卒業後の彼女は『演劇界』のインタビュー記事を長らく務めることとなったのである。これらのインタビュー体験が後に活かされ、優れたルポルタージュ作品を書いたこともよく知られている。例えば、『女二人のニューギニア』（昭和四十四年）、『有吉佐和子の中国レポート』（昭和五十四年）、『日本の島々、昔と今。』（昭和五十六年）等がそれである。ここに紹介する資料は、五十歳を目前にした有吉佐和子が二十代の頃を思い出して綴った文章である。なお、利倉幸一には、『残滴集』（演劇出版社、昭和五十七年十一月）という滋味溢れる随筆集がある。

＊

「演劇界」が創立三十年になると聞いて、茫然としています。そもそも私に書いたものが活字になる喜びを教えて下さったのが、利倉先生でした。学生時代から三年間も連続して書かして頂いたのです。その時の修行が、小説書きへのウオーミングアップになっていることが、よく分かります。／私は歌舞伎が好きでした。好きだから夢中になって見ていました。運よく私は十五世羽左衛門も六代目も見ているので、昔話がそろそろ出来るようになりました。歌舞伎の面白さは、少ないレパートリーを、名優の個性で違う型でやりぬいて見せるところにあると思います。今では、大部分の役者さんたちが、私より若くなって、一時はそれがもの足りなかったのですが、どんどん育っているのを感じると、歌舞伎離れをしているのを反省しなければと思っています。私の原点は、やはり歌舞伎だったのですから。

〈注〉文中、「十五世羽左衛門」は市村羽左衛門（屋号・橘屋、明治七年～昭和二十年）、「六代目」とは尾上菊五郎（屋号・音羽屋、明治十八年～昭和二十四年）のこと。

むすび――有吉佐和子の外地経験と演劇

有吉佐和子は昭和六年（一九三一）一月二十日に、和歌山市に生まれた。令和三年（二〇二一）には、生誕九十年を迎える。父の有吉眞次は東京帝大卒業、当時の横浜正金銀行（現在、三菱UFJ銀行）のニューヨーク支店勤務であった。有吉家は長州三田尻藩士の出であり、有吉佐和子の曽祖父にあたる有吉熊次郎は、高杉晋作の近くにいた勤王の志士であったという（『晋作ノート』四十七号、令和元年十月)。有吉佐和子の文献には、父方の父祖について語るものは少なく(本稿【4】「わが文学の揺籃期」参照)、また彼女が自らの家系に関して綴る内容の殆どは母方のそれであり、作品の系列も母性を題材とし、女性の視座を有するものが多い。

佐和子の母秋津は、伝統を重んじる母のミヨノに反発して、針仕事や稽古事を嫌い、京都の女子専門学校に進学する。大正リベラリズムを受容した当時の典型的な自由主義者であった。これらのことは、小説「紀ノ川」(『婦人画報』昭和三十四年一月~五月)に〈虚〉と〈実〉とを交えながら書き込まれているのは、本書において確認したことでもある。

さて、有吉佐和子は、昭和十二年(一九三七)一月七日、父の転勤でジャワ(現在、インドネシア)のバタビア(現在、ジャカルタ)に一家で移住する。父がバタビア支店長に転勤したのであった。そして彼女は、同年四月一日に現地のバタビア日本人小学校に入学する。同級生は八人であった(木村一信「〈ジャワ〉の有吉佐和子」『有吉佐和子の世界』翰林書房、平成十六年十月、参照)。この外地生活の日常は、有吉佐和子の未完小説「終らぬ夏」第一部「蟻」(『文学界』昭和四十四年一月~十月)に、その詳細がほぼ正確に記されている。この小説の世界は、後に、佐和子自身のエッセイ等の内容とほぼ一致している。

太平洋戦争が始まる直前の、昭和十六年(一九四一)二月に一家はジャワから帰国、五月に佐和子は東京下谷区(現在、台東区)の根岸小学校五年生に転入する。その前に、二か月ほど大阪の浜寺小学校に在籍しているが、病気がちで殆ど出席しなかったという(『ずいひつ』新制社、昭和三十三年九月、一四七頁参照)。この外地での体験と、故国日本への思いが、後の有吉佐和子の人生観に大きな影響を与え、彼女の文学世界の基盤を形成する大きな要素となっていることが、ここに紹介した、これらの資料から窺い知ることができる。

特に、その演劇世界への近接は、「壁の向こうに置き去られた遺産」（「伝統美への目覚め」）という表現に示唆されるように、戦後の日本の伝統的遺産への眼差しと重なっていたのである。それは、「母」よりも、「祖母との交流」から感覚的に感じ取った美観であることを、彼女自身が告白している。その意味で、有吉佐和子にとって祖母・ミヨノから受けた感化の大きさを窺うことができるのである。

略年譜

本年譜では、特に出生から文学的出発期における時期を補充することを目的とする。周知のように、有吉佐和子の小説の多くが舞台のみならず、ラジオ・テレビ等で放映され、映画化されているが、ここではそのすべてを網羅する余裕はない。演劇関連については、『有吉佐和子の世界』(翰林書房、平成十六年十月)所収の「年譜」を参照されたい。末尾には参考にした文献を掲げた。遺漏も多いと思われる。識者の批正を乞う次第である。

＊本年譜中、関連する社会状況を記録し、必要に応じて〈注記〉を加えた。

昭和五年(**一九三〇**)

この年、有吉家は、初めての海外赴任地先の上海から帰国〈大正十四年に赴任〉。夏、当主の有吉眞次が横浜正金銀行(東京銀行の前身、現、三菱ＵＦＪ銀行)ニューヨーク支店勤務となり、単身赴任した。先の上海への赴任では、妻の秋津、長男・善〈大正十四年生れ〉と次男(昭和三年生れ)とを同伴。しかし、次男は赴任先の上海で病死した。

昭和六年(**一九三一年**)

一月二十日、和歌山市の日本赤十字病院(小松原通四丁目二十番地)で、有吉家の長女佐和子が生れる。九ヶ月の早産であった。なお母秋津の父木本主一郎は、昭和三年(一九二八)二月、初の普通選挙に応じて、県会議長在任中のまま立候補、初陣ながら最高点で当選している。佐和子の母秋津の「実家」は、現在の和歌山市木ノ本の大庄屋の家。父の有吉眞次は東京帝大卒、曽祖父は長州藩三田尻の藩士で、京都西陣で機織り技師の元締めをした人。祖父は建築家であった。小説「紀ノ川」には、文緒（秋津がモデル）の結婚相手となる「晴海英二の父親は、建築技師であった」とされている。なお、佐和子の母秋津の従兄は、大正十一年（一九二二）にビタミンAの抽出に成功した高橋克己。＊九月、満州事変が起り、県下の産業界は「日満貿易懇談会」を結成、満州国への進出策を講じた。経済的には不況下であったが、郷土史分野の雑誌や書籍などが盛んに出されており、当地における文化活動の成果も見られる。和歌山市で「満州事変」映画会を開催。この年、丸正《まるしょう》呉服店が百貨店方式に店舗を改装した。

昭和七年（一九三二）一歳

和歌山市真砂丁の父の事務所を兼ねた「実家」で、秋津は子育てをする。書生が四、五人おり、人の出入りも結構多かった。当時、秋津の母・ミヨノが家事その他、一切を取り仕切っていた。

＊三月、満州国設立。五月、青年将校らによる5・15事件起る。二月、祖父・木本主一郎再選〈十二年四月に三選〉、政友会の中枢にいて、中央政界で活躍する。

昭和八年（一九三三）二歳

＊三月、和歌山統一労働組合結成。九月、和歌山県産業組合青年聯盟結成。十二月、皇太子継宮明仁親王御誕生〈十二月二十三日〉。紀勢西線、紀伊田辺―紀伊富田線開通。

昭和九年（一九三四）　三歳
＊七月、和歌山線、和歌山―五條間にガソリンカーの運行が始まる。九月、室戸台風来襲、大きな被害をもたらした。
昭和十年（一九三五年）　四歳
四月、父がニューヨーク（昭和五年夏に単身赴任していた）から帰国。その間、佐和子は、母と兄の善と一緒に、木本主一郎の所有する別邸（和歌山市真砂丁）で生活していた。父の帰国を待って家族は上京、東京市大森区山王一丁目二七五三番地（現在、東京都大田区山王）に住む。
昭和十二年（一九三七年）　六歳
一月、父のジャワ（現、インドネシア）転勤に伴い、佐和子は両親とともに、七日に神戸港を出港、日本郵船の欧州航路筥崎丸で門司、上海、香港などを経由して、二週間余りでシンガポールに到着。その後、ジャワ行きのＫＰＭ（オランダ王立郵船会社）に乗り換え、バタビア（現、ジャカルタ）に向かった。香港では、佐和子六歳の誕生日を祝った〈二十日〉。二十五日、現地に到着。四月、バタビアの日本人学校に入る。当時の様子は自伝的小説「終らぬ夏」（『文学界』一九六九年～七〇年）にほぼ正確に活写されている。＊木村一信「〈ジャワ〉の有吉佐和子」（『有吉佐和子の世界』所収）参照。
昭和十四年（一九三九）　八歳
夏季に一時帰国、和歌山市立木本小学校に通学する。和歌山市木ノ本には母秋津の実家（木本主一郎名義）があった。しかし、一年足らずでジャワへ戻り、スラバヤ日本人尋常小学校に転入する。九月、祖父木本主一郎が衆議院議員在任中に急死〈十八日〉。木本主一郎は「紀ノ川」の花の夫・真谷敬策のモデルとなった人物。花のモデルは、木本家の縁戚にあたる高橋助一郎、クリの次女・みよのである。なお、高橋みよのは、「助左衛門四代記」（昭和三十七〜三十八年）には、垣内太一郎の妻・三鶴として登場する。高橋みよのは、木本主一郎に嫁ぎ、佐和子の母秋津を生んだ。ビタミンAの抽出に成功した高橋克己は、みよのの実兄高橋三郎とその妻つちえの長男にあたる。＊『海部郡木本村高橋家文書目録』（平成十一年三月、和歌山県立文書館）参照。十月、弟眞咲誕生。

昭和十六年（一九四一年）十歳

ジャワより帰国。東京下谷区（現、台東区）の根岸小学校五年生に転入した。根岸小学校からは、有吉佐和子他、市村羽左衛門（俳優）、川田順（歌人）、池波正太郎（作家）、多田文男（地理学者）等、各界の著名人が輩出している。近くには、正岡子規の住居・根岸庵も復元されて現存しており、文化的雰囲気の濃厚なトポスである。「小学校を五回転校したが、ほとんど病気で欠席がちであった。」（自筆年譜、その他に拠る）。この頃、花崎采琰から漢文を学ぶ。

昭和十八年（一九四三）十二歳

三月、根岸小学校を卒業。四月、第四東京市立高等女学校（七月より、都立竹台高等女学校、現在の都立竹台高等学校）に入学。

昭和二十年（一九四五）十四歳

＊一月、紀南地方で空襲始まる。四月、静岡に疎開する。七月、和歌山市大空襲〈九日〉、死者

一一〇一人。九月、アメリカ軍が和歌山市に上陸開始〈二十五日〉。家族と和歌山に移り、二学期から県立和歌山高等女学校（現在、和歌山県立桐蔭高等学校）に通う。当時交流のあった学友たちが、後の小説「有田川」執筆の際の協力者となった。＊『特別展・小説「有田川」の世界』パンフレット、有田市教育委員会、二〇一六年）参照。

昭和二十一年（一九四六年）　十五歳

暮れに上京。杉並区堀ノ内一丁目二三八番地に住む。

昭和二十二年（一九四七年）　十六歳

一月、光塩高等女学校（現在、光塩女子学院）に転入する。在学中、カトリック受洗、洗礼名はマリア＝マグダレーナ。佐和子は「中国天主教」（『世界』一九七一年五月）で、「いつの日か中国天主教が、いま音をたてて変貌しているカトリック教会に窓をひらくときがくるのを、私は祈りたい。」と記す。そして、「それはきっと世界平和が達成されたときで、それまではまだ長い長い道程があるだろう。中国と隣接する国々に戦火が広がっているとき、カトリック教会という一つのアングルで中国の過去と現在を少しでも正確にとらえることができていれば、私の小さな役目は果したことになるのだが。」と結んでいる。この記事は、一九七一年にホノルルで書かれており、ハワイ大学での講義が行われた時期である。彼女のカトリックに対する姿勢は、長じてもなお、人生の根底に生きており、世界観を形成していた。

昭和二十三年（一九四八）　十七歳

三月、光塩高等女学校卒業。四月、府立第五女子新制高等学校（七月から都立第五女子新制高等

学校。現在、都立富士高等学校）に転入。吉田精一との対談で「吉田　あなたは、卒業したときは富士高校でいらっしゃるのでしょ？　あれは元の第六（府立第六）ですか。／有吉　第五（府立第五）でございます。」との会話がある。続いて、吉田の「その時分から、相当評判だったらしいですね。」との発言に対して、有吉は「あのころはまだ、高校生はゲバをやっていませんから、何のことかしら……」といなしている（『國文学』昭和四十五年〈一九七〇〉七月）。

昭和二十四年（一九四九）　十八歳

三月、都立第五女子新制高等学校卒業。四月、東京女子大学文学部英文学科に入学。

昭和二十五年（一九五〇）　十九歳

五月より、病気のため休学。七月、父眞次脳溢血で急死〈五十三歳〉。「お酒を飲むことといい、つくづく佐和子は父親似だと思います。主人は海外雄飛を夢見ていた覇気のある人で、仕事にも意欲を持った人だった」（秋津談）。＊丸川賀世子『有吉佐和子とわたし』「お母さんから伺った話」参照。

昭和二十六年（一九五一年）　二十歳

四月、東京女子大学文学部英文学科から、東京女子大学短期大学部英語科二年に転学。体調不良から、約一年間の休学を経ての転学であった。この頃、演劇評論家を志して、歌舞伎研究会に所属する。カトリック学生連盟、多喜二と百合子の研究会にも所属した。五月、雑誌『演劇界』の第４回懸賞俳優論「尾上松緑論」に初めて応募、二等入選を果たす。八月、第５回懸賞俳優論「中村勘三郎論」に応募、十一月、第６回懸賞俳優論「市川海老蔵論」に応募、いずれも二等入選となるが、それらの応募論文は未掲載の為、未見。積極的な行動とその才能を見込まれ、当時の演劇専門誌『演劇界』編集長・利倉幸一の知遇を得る。

昭和二十七年（一九五二年）二十一歳

三月、東京女子大学短期大学部英語科を卒業。卒業に先立ち、二月より『演劇界』嘱託となる。七月の「渡邊美代子さんに歌舞伎の話を訊く」を皮切りに、歌舞伎を軸とした「訪問記事」が、翌年の暮れまで十三回にわたり『演劇界』を彩った。続いて真山青果、岡本太郎、小山内薫、島村抱月、森鷗外、岸田國士、坪内逍遥らの遺族から「父の想い出」を聞き取る仕事に携わった。これらの経験が、後のルポ作家としての基礎を築くことになる。同時に、人間の生き方を見つめるまなざしも、この時の体験が少なからず影響し、後の作品に反映されている。八月、大蔵財務協会から発行される『ファイナンス　ダイジェスト』の編集を担当、約一年間勤める。

昭和二十八年（一九五三年）二十二歳

十月、『演劇界』の訪問記事「歌舞伎の話を訊く」を終了。十二月、同誌に「父を語る」シリーズを開始。この頃、『白痴群』同人となり、その後、三浦朱門、曽野綾子等を擁した第十五次『新思潮』同人となった。また、演劇志望の新人たちが作った「ゼロの会」に参加、野口達二、永山雅啓らを識る。

昭和二十九年（一九五四）二十三歳

四月、初の小説「落陽の賦」を同人誌『白痴群』に発表。中国古代漢王朝を舞台としたこの作品は、後に改稿され「落陽」と改題して短編集『ほむら』（一九六一年、講談社）に収録された。

〈なお、「落陽の賦」は、佐和子没後三十年に、『オール讀物』（二〇一四年七月）に収録、玉青「母のこと」を併載〉。七月より、舞踊家・吾妻徳穂の渡米中、アヅマカブキ委員会のコレスポンデント（通信員）として、秘書の役目も担い、事務連絡や演出も手伝う〈昭和三十一年五月迄〉。十二月、「父を語る」シリーズを終える〈四月は休載〉。

昭和三十年（一九五五）二十四歳

五月から十一月にかけて、『演劇界』に俳優学校関係者のインタビュー記事を連載。八月、「盲目」を『新思潮』に発表。この年、祖母ミヨノの看病の為、帰郷。和歌山市を流れる紀ノ川を訪れた。祖母・ミヨノ（旧姓・高橋）脳溢血により没〈七十五歳。ミヨノは小説「紀ノ川」の花のモデル〉。

昭和三十一年（一九五六）二十五歳

一月、「地唄」が新人賞候補作となり、『文学界』に掲載された。「地唄」は第三十五回（31年度上半期）の芥川賞にも推挙され、『文藝春秋』九月号にも掲載された。この作品が、佐和子の文壇デビュー作となる。八月、舞踊劇「綾の鼓」を執筆。清元榮壽郎作曲、藤間勘十郎振付の「綾の鼓」が新橋演舞場で初演。高見順原作の人形浄瑠璃「雪狐々姿湖」を佐和子が脚色・演出して大阪文楽座で初演。十月、あづま・さーくる第一回舞踊発表会に、真山美保原作の舞踊劇「泥かぶら」が、佐和子の脚本・演出により東横ホールで上演される。十二月、「伝統美への目覚め―わが読書時代を通して―」を『新女苑』に執筆。

昭和三十二年（一九五七）　二十六歳

二月、「処女連禱」を三笠書房より刊行。「線と空間」を『文学界』に発表。四月「赤猪子物語」を『新女苑』に発表。六月、「白い扇」を『キング』に発表、上半期の直木賞候補となる。短編集『まっしろけのけ』を文藝春秋新社から刊行。深沢七郎原作「楢山節考」（二幕六場）を脚色・演出〈この作品は『季刊雑誌歌舞伎』（昭和四十六年七月）に掲載された〉。七月、「笑う赤猪子」（有吉佐和子原作・演出）が東横ホールで上演。十月、「美っつい庵主さん」を『文学界』に発表。十一月、「断弦」を講談社より刊行。「石の庭」（有吉佐和子原作・和田勉演出）がNHK大阪で放映される。この作品により、第十二回芸術祭奨励賞（テレビ部門）を受賞。NHKテレビ「わたしだけが知っている」にレギュラー出演〈昭和三十四年迄〉。

昭和三十三年（一九五八）　二十七歳

一月、「更紗夫人」を『スタイル』に連載開始〈十二月迄〉。「花のいのち—小説・林芙美子」を『婦人公論』に連載開始〈四月迄〉。四月、『美っつい庵主さん』を新潮社より、また『花のいのち』を中央公論社より刊行。五月、「げいしゃわるつ・いたりあの」を『週刊東京』に連載開始〈十二月迄〉。短編「死んだ家」を『文学界』に発表〈「紀ノ川」の原型〉。八月、舞踊劇「笛」（有吉佐和子原作、藤間勘十郎演出・振付）が新橋演舞場で上演される。九月、「海鳴り」を『新潮』に発表。『ずいひつ』を新制社より刊行。十月、新作浄瑠璃「ほむら」〈五月、別冊『週刊サンケイ』に掲載〉が、第十三回芸術祭文部大臣賞を受賞。舞踊劇「菊女房」（有吉佐和子原作、吾妻徳穂舞踊）が歌舞伎座で上演される。音楽劇「額田王」（有吉佐和子原作、古川太郎作曲）

がＮＨＫ第二放送で放送される。「江口の里」を『文藝春秋』に発表。十一月、ラジオ義太夫「ほむら」（有吉佐和子原作、竹本越路大夫語り）がＮＨＫ第一放送で放送される。文士劇「助六」に白玉役で出演する。十二月、「人形浄瑠璃」を『中央公論』に発表。

昭和三十四年（一九五九）　二十八歳

一月、『婦人画報』誌上にて「紀ノ川」の連載が始まる〈五月迄〉。「新女大学」を『婦人公論』に連載〈十二月迄〉。『げいしゃわるつ・いたりあの』を中央公論社より刊行。三月、ミュージカル「浪速ドンファン」（有吉佐和子脚色、菊田一夫演出）が東宝劇場で上演。四月、短編集『江口の里』を中央公論社より刊行。六月、『紀ノ川』を中央公論社より刊行。歌舞伎「龍安寺秘聞―石の庭」（有吉佐和子原作・脚本・演出、松浦竹夫演出）が、菊五郎劇団によって歌舞伎座で上演される。『日本』に「吾妻徳穂よどこへ行く」を掲載。八月、「私は忘れない」を『朝日新聞』夕刊に連載開始〈十二月迄〉。十一月、ニューヨークのサラ・ローレンス・カレッジに留学。演劇研究が主なテーマであった。

昭和三十五年（一九六〇）　二十九歳

二月、短編集『祈禱』を講談社より刊行。三月、『私は忘れない』を中央公論社より刊行。十七日付『朝日新聞』夕刊に、ドナルド・キーンとの対談「渡米歌舞伎あれこれ」を掲載。八月、『新女大学』を中央公論社より刊行。『芸能』に「ブロードウェイで見た歌舞伎」を掲載。十一月、アメリカを発ち、欧州、中近東を経て、十六日に帰国。途中、ローマでは朝日新聞特派員の身分でローマオリンピックを取材。

昭和三十六年（一九六一）　三十歳

一月、「香華」の『婦人公論』連載が始まる〈翌年十二月迄〉。『中央公論』三月号掲載予定の対談で、夫となる神彰に出会う。この対談は「『呼び屋』一代論」と題して掲載された。二月、「三婆」を『新潮』に発表。四月、「女弟子」を『小説中央公論』に連載〈十月迄〉。「閉店時間」を『読売新聞』夕刊に連載〈十二月迄〉。短編集『三婆』を新潮社より刊行。五月、『ほむら』を講談社より刊行。六月、「亀遊の死」を『別冊文藝春秋』に発表。二十八日、日本文学代表団（亀井勝一郎団長）の一員として訪中〈七月十五日帰国〉。八月、独居の為に建築した杉並区堀ノ内一丁目一七四番地に転居。十一月、「墨」を『新潮』に発表。『女弟子』を中央公論社より刊行。

昭和三十七年（一九六二）　三十一歳

一月、「助左衛門四代記」を『文学界』に連載〈翌年六月迄〉。「連舞」を『マドモアゼル』に連載〈翌年五月迄〉。二月、『更紗夫人』を集英社、短編集『雛の日記』を文藝春秋新社より刊行。三月二十七日、神彰と結婚。赤坂の神の家で新婚生活を始めた。『閉店時間』を講談社より刊行。四月、映画「閉店時間」が大映で公開される。五月、戯曲「光明皇后」を『文藝』に発表。文学座「光明皇后」三幕（有吉佐和子原作・脚本、戌井市郎演出）が都市センターホールで上演。この時のプログラムに戸板康二との対談「『光明皇后』をめぐって」が掲載される。九月、中国からの招きで、国慶節に夫婦で訪中、三週間滞在。帰国後、「有田川」執筆取材のため、和歌山を訪問。和歌山市新和歌浦にあった「岡徳楼」を定宿《じょうやど》とした。女将は、岡本やすゑ〈有田市箕島市出身、平成元年十二月十九日没、八十六歳〉。十二月、『香華』を中央公論社より刊行。

昭和三十八年（一九六三） 三十二歳

一月、「有田川」を『日本』に連載〈十二月迄〉。四月、「非色」を『中央公論』に連載〈翌年六月迄〉。九月、『助左衛門四代記』を文藝春秋新社より刊行。「香華」（有吉佐和子原作、中野実脚色・演出）が東宝芸術座で上演。十一月、『有田川』を講談社より刊行。『仮縫』を集英社より刊行。『香華』で第十回小説新潮賞を受賞。舞踊劇「菊山彦」（有吉佐和子原作、吾妻徳穂）が歌舞伎座で上演。十六日、長女玉青誕生。命名者は中日友好協会会長の廖承志〈リャオ・チョンヂー、一九〇八〜一九八三〉であった。

昭和三十九年（一九六四） 三十三歳

四月、舞踊劇〈赤坂おどり〉「お伽草子」（有吉佐和子原作、清元梅吉振付）が歌舞伎座で上演。五月二十九日、神彰との協議離婚成立。和歌山市岡徳楼に宿〈二十九日〉、この時『有田川』を女将の岡本やするゑに献本する。映画「香華」（有吉佐和子原作、木下恵介監督・脚本、主演・岡田茉莉子）が松竹で公開。六月、「一の糸」を『文芸朝日』に連載（翌年六月迄）。七月、「ぷえるとりこ日記」を『文藝春秋』に連載（十二月迄）。八月、『非色』を中央公論社から刊行。九月、NHKドラマ「紀ノ川」の撮影が、伊都郡九度山町入郷の旧家岡家の座敷や慈尊院を舞台に行われた。十月、NHKドラマ「紀ノ川」（依田義賢脚本、前田達郎演出、主演・南田洋子）が放映（二十八日〜翌年三月三十一日、毎週水曜日二十時三十分〜二十一時）。十二月、『ぷえるとりこ日記』を文藝春秋新社から刊行。

昭和四十年（一九六五）　三十四歳

一月、「日高川」を『週刊文春』に連載〈十一月迄〉。三月、「有田川」（有吉佐和子原作、菊田一夫脚色・演出）が東宝芸術座で上演。五月、中国作家協会の招きで訪中、玉青を同伴〈十一月に帰国〉。この時、小説「孟姜女考」（『新潮』昭和四十四年一月）の構想ができる。十一月、『一の糸』を新潮社より刊行。

昭和四十一年（一九六六）　三十五歳

一月、「乱舞」を『マドモアゼル』に連載〈翌年一月迄〉。六月、松竹映画「紀ノ川」（久板栄二郎脚本、中村登監督、製作・白井昌夫、主演・司葉子）が公開される。七月、「私の文学　ああ十年！」が『われらの文学15』（講談社）に収録。十月、「舞台再訪　私の小説から―紀ノ川」〈『朝日新聞』二十七日に掲載〉。十一月、「華岡青洲の妻」を『新潮』に発表。

昭和四十二年（一九六七）　三十六歳

一月、「出雲の阿国」を『婦人公論』〈昭和四十四年十二月迄〉、「不信のとき」を『日本経済新聞』〈十二月迄〉連載。二月、『華岡青洲の妻』を新潮社より刊行。三月、『華岡青洲の妻』で第六回女流文学賞を受賞。四月、「海暗」を『文藝春秋』に連載〈翌年四月迄〉。九月、「華岡青洲の妻」（有吉佐和子原作、脚本、演出）が東宝芸術座で上演。十月、「更紗夫人」がＮＨＫテレビで放映。大映映画「華岡青洲の妻」が公開される。十一月、「華岡青洲の妻」がＮＥＴテレビ（現、テレビ朝日）で放映。舞踊劇「赤猪子」（有吉佐和子原作、脚本、吾妻徳穂）が国立劇場で上演。十二月、芸術座の「非色」が読売ホールで上演。

昭和四十三年（一九六八）　三十七歳

一月、「海暗」が第二十九回文藝春秋読者賞、「出雲の阿国」が第六回婦人公論読者賞を受賞。ドラマ「助左衛門四代記」がTBSで放映。二月、『不信のとき』を新潮社より刊行。文化人類学者・畑中幸子の誘いで、カンボジア、インドネシア、さらにニューギニアの奥地に入る。四月に帰国後、マラリアを発病して入院。ドラマ「不信のとき」がTBSで放映。五月、「女二人のニューギニア」を『週刊朝日』に連載〈十一月迄〉。六月、大映映画「不信のとき」（有吉佐和子原作、井手俊郎脚色、今井正監督）が公開される。十月、『海暗』を文藝春秋より刊行。十一月、『新潮日本文学57　有吉佐和子集』が新潮社より刊行。

昭和四十四年（一九六九）　三十八歳

一月、「不信のとき」（有吉佐和子原作、菊田一夫脚色・演出）が東宝芸術座で上演。ドラマ「香華」がフジTV系で放映。「芝桜」を『週刊新潮』に連載（翌年四月迄）。『女二人のニューギニア』を朝日新聞社より刊行。「孟姜女考」を『新潮』に発表。未完小説「終らぬ夏」を『文学界』に連載〈翌年七月迄。この作品には佐和子の自伝的要素が含まれている〉。二月、『日本の文学75　阿川弘之・庄野潤三・有吉佐和子』が中央公論社より刊行〈「紀ノ川」を収録。「付録61」に、奥野健男を交えて、四人による対談〉。四月、ドラマ「一の糸」がNHKで放映。五月、ドラマ「乱舞」がフジTV系で放映。七月、「針女」を『主婦の友』に連載〈翌年十二月迄〉。九月、『出雲の阿国』上巻を中央公論社より刊行〈中・下巻は十一月に刊行〉。東宝映画「華麗なる闘い」（有吉佐和子原作、大野靖子脚本、浅澤正雄監督）が公開される。十一月、舞踊劇「藤戸の浦」（有吉佐和子作詞・演出、野澤喜左衛門作曲）が国立劇場で上演。

昭和四十五年（一九七〇）　三十九歳

二月、「海暗」（有吉佐和子原作、大藪郁子脚色、宇野重吉演出）が砂防会館で上演。三月、『出雲の阿国』が第二十回芸術選奨文部大臣賞を受賞。四月、「夕陽ヵ丘三号館」を『毎日新聞』に連載〈十二月迄〉。『有吉佐和子選集』全十三巻を新潮社より刊行〈翌年、四月完〉。六月、文学座「華岡青洲の妻」（戌井市郎演出）が中日劇場などで上演。七月、「ふるあめりかに袖はぬらさじ――亀遊の死」を『婦人公論』に発表。「出雲の阿国」が平岩弓枝脚本、演出により、歌舞伎座で上演。八月、『芝桜』上巻を新潮社より刊行〈下巻は九月刊〉。十月、「芝桜」（成沢昌茂脚色・演出）が新橋演舞場で上演。ドラマ「芝桜」がフジＴＶで放映。十一月、ハワイ大学からの招聘で玉青を伴いホノルルに滞在する。

昭和四十六年（一九七一）　四十歳

一月、文学座・松竹提携公演「華岡青洲の妻」が戌井市郎演出により、京都南座で上演。二月、「一の糸」（松山善三脚色・演出）が梅田コマ劇場、「連舞」（榎本滋民脚色・演出）が東京宝塚劇場でそれぞれ上演される。三月、『針女』を新潮社より刊行。八月、ハワイ大学での講義を終え、アメリカ、欧州を経由して帰国。ニューヨークで観た「ケイトンズヴィル事件の九人」に感銘する。九月、「楢山節考」（深沢七郎原作）を脚色・演出して歌舞伎座で上演。

昭和四十七年（一九七二）　四十一歳

一月、ダニエル・ベリガン作「ケイトンズヴィル事件の九被告」〈戯曲〉をエリザベス・ミラーと共訳『世界』に発表。六月、「木瓜の花」を読売新聞に連載〈翌年、五月迄〉。『恍惚の人』を、新潮社より書下ろし刊行。ベストセラーとなる。九月、『ケイトンズヴィル事件の九人』を新潮社より刊行。十月、「ケイトンズヴィル事件の九人」（有吉佐和子翻訳、脚色、演出）が紀伊國屋ホールで上演。ドラマ「更紗夫人」がＮＨＫで放映。十二月、文学座公演「ふるあめりかに袖はぬらさじ」（戌井市郎演出）が名古屋中日劇場で上演。

昭和四十八年（一九七三）　四十二歳

一月、ＴＶドラマ「出雲の阿国」をＮＥＴが放映。東宝映画「恍惚の人」（松山善三脚本、豊田四郎監督）が公開される。文学座公演「ふるあめりかに袖はぬらさじ」（戌井市郎演出）が国立劇場で上演。ＴＶドラマ「華岡青洲の妻」がＴＢＳで放映。「真砂屋お峰」を『中央公論』に連載〈翌年、八月迄〉、「母子変容」を『週刊読売』に連載〈十二月迄〉。三月、短編集『孟姜女考』を新潮社より刊行。五月、新派特別公演「華岡青洲の妻」（戌井市郎演出）が新橋演舞場で上演。七月、「三婆」（小幡欣治脚本、演出）が芸術座で上演。九月、『木瓜の花』上・下巻を新潮社より刊行。

昭和四十九年（一九七四）　四十三歳

一月、「黄金伝説」〈七月より「鬼怒川」に改題〉を『新潮』に連載〈翌年、八月迄〉。三月、『母子変容』上・下巻を講談社より刊行。四月、松竹・文学座提携公演「ふるあめりかに袖はぬらさじ」（戌井市郎演出）が新橋演舞場で上演。五月、市川房枝、紀平悌子の参議院議員出馬にあたり、応援に奔走する。七月、「三婆」（小幡欣治脚本、演出）が芸術座で上演。九月、『真砂屋お峰』を中央公論社より刊行。十月、「複合汚染」を『朝日新聞』に連載〈翌年、六月迄〉。ＴＶドラマ「三婆」がＮＥＴで放映。十一月、「複合汚染」の調査と取材を兼ねて渡仏。

昭和五十年（一九七五）　四十四歳

一月、ミュージカル「山彦ものがたり」（有吉佐和子原作・演出、音楽・内藤法美）が紀伊國屋ホールで上演。二月、「華岡青洲の妻」（有吉佐和子脚本、戌井市郎演出）が読売ホールで、「三婆」（小幡欣治脚本、演出）が中日劇場で上演。四月、『複合汚染』上巻を新潮社より刊行〈下巻は七月刊〉。五月、「香華」（有吉佐和子演出、大藪郁子脚本）が芸術座で上演。六月、「真砂屋お峰」（有吉佐和子脚色、演出）が東京宝塚劇場で上演。八月、「山彦ものがたり」（有吉佐和子原作・演出）が日生劇場で上演。十一月、『鬼怒川』を新潮社より刊行。

昭和五十一年（一九七六）　四十五歳

一月、「青い壺」を『文藝春秋』に連載〈翌年、二月迄〉。玉青を伴い渡米。体調を崩して帰国、入院。更年期障害の診断。五月、「芝桜」（小幡欣治脚本・演出）が東京芸術座で上演。六月、「真砂屋お峰」（有吉佐和子脚本・演出）が東宝宝塚劇場で、「乱舞」（大藪郁子脚本、松浦竹生演出）が明治座で上演。雑誌『面白半分』〈臨時増刊〉に「全特集・有吉佐和子」が編まれた。

昭和五十二年（一九七七）　四十六歳

一月、「和宮様御留」を『群像』に連載〈翌年、三月迄〉。「ゴージャスなもの」を『演劇界』に発表〈みずからのジャワ体験と、帰国後の歌舞伎との出会いを綴る〉。二月、戯曲「日本人万歳！」を『中央公論』に発表。自ら演出して、帝国劇場で上演。三月、過労のため入院。四月、

『青い壺』を文藝春秋より刊行。五月、「一の糸」（有吉佐和子原作、野口達二脚本、演出）が東京宝塚劇場で上演。八月、第二期『有吉佐和子選集』全十三巻を新潮社より刊行〈翌年、八月完結〉。十一月、「三婆」（小幡欣治脚本、演出）が都市センターホールで上演。

昭和五十三年（一九七八）　四十七歳

一月、「紀ノ川」（大藪郁子脚本、有吉佐和子・本間忠良演出）が帝国劇場で上演。二月、「乱舞」（大藪郁子脚本、松浦竹生演出）が明治座で上演。三月、「悪女について」を『週刊朝日』に連載（九月迄）。TV朝日の連続ドラマ「悪女について」放映。TVドラマ「三婆」がTBSで放映。四月、『和宮様御留』を講談社より刊行。『歌舞伎』に「最初で最後」を掲載。ブノワット・グルー著『最後の植民地』〈未見〉の翻訳のため渡仏〈五月に帰国〉。六月、訪中、各地の人民公社を視察。八月、「中国レポート」を『週刊新潮』に連載〈翌年、二月迄〉。九月、『悪女について』を新潮社より刊行。八月、「芝桜」（小幡欣治脚本・演出）が明治座で上演。十月、TVドラマ「不信のとき」がフジTV系で放映。十一月、「日本人万歳！」（有吉佐和子原作・演出）が中日劇場で上演。

昭和五十四年（一九七九）　四十八歳

一月、『和宮様御留』で第二十回毎日芸術賞を受賞。「ふるあめりかに袖はぬらさじ」（有吉佐和子原作・脚本、戌井市郎演出）が新橋演舞場で上演。三月、『有吉佐和子の中国レポート』を新潮社より刊行。四月、『最後の植民地』〈有吉佐和子、カトリーヌ・カドゥ共訳〉を新潮社より刊行〈未見〉。九月、杉並区堀ノ内三丁目に転居。四月、「油屋おこん」を『毎日新聞』に連載〈八月十九日迄、中断〉。「日本の島々、昔と今。」取材のため、北は焼尻島《やぎしり》、天売島《てうり》、南は与那国島、波照間島など各地の離島を経巡る。

昭和五十五年（一九八〇）　四十九歳

一月、「日本の島々、昔と今。」を『すばる』に連載〈翌年、一月迄〉。離島での取材の旅を継続する。六月、「和宮様御留」（小幡欣治脚本、演出）が東京宝塚劇場で上演。十月、ドラマ「華岡青洲の妻」が日本TVで放映。十一月、「紀ノ川」（有吉佐和子原作・脚本、戌井市郎演出）が中日劇場で上演。

昭和五十六年（一九八一）　五十歳

一月、ドラマ「和宮様御留」がフジTVで放映。二月、渡仏。四月、「華岡青洲の妻」（有吉佐和子脚本、戌井市郎演出）の新劇合同での中国公演に同行する。『日本の島々、昔と今。』を集英社より刊行。

昭和五十七年（一九八二）　五十一歳

一月、「芝桜」（小幡欣治脚本・演出）が中日劇場で上演。二月、「乱舞」（有吉佐和子原作・演出、大藪郁子脚本）が帝国劇場で上演。文学座公演「ふるあめりかに袖はぬらさじ」（戌井市郎演出）がサンシャイン劇場で開催。三月、書下ろし小説『開幕ベルは華やかに』を新潮社より刊行。「香華」（大藪郁子脚本、有吉佐和子演出）が朝日座で上演。六月、「和宮様御留」（小幡欣治脚本・演出）が中日劇場で上演。十二月、前進座公演「助左衛門四代記・第一部」（津上忠脚色・演出）が新橋演舞場で上演される。

昭和五十八年（一九八三）　五十二歳
一月、ドラマ「開幕ベルは華やかに」（有吉佐和子原作、金子成人脚本、久野浩平演出）がＴＶ朝日で放映。二月、「乱舞」（有吉佐和子脚色・演出。大藪郁子脚本）が帝国劇場で上演。

昭和五十九年（一九八四）　五十三歳
四月、ウエールズ大学日本学大会のゲストスピーカーとして渡英。七月、英国短期留学の玉青をロンドンまで送る。八月三十日、杉並区の自宅で急性心不全のため永眠。『週刊朝日』に寄せた随筆「紫式部の実」が絶筆となった。九月三日に通夜、四日に目白の東京カテドラル関口教会聖マリア大聖堂にて告別式が執り行われた。急遽帰国した玉青が喪主をつとめた。十一月、東宝・松竹提携「有吉佐和子追悼公演　香華」が南座で上演された。

昭和六十年（一九八五）
十一月、吾妻徳穂の呼びかけで、杉並区妙法寺の境内に「有吉佐和子之碑」を建立。揮毫は、佐和子の漢文の師・花崎采琰。追悼公演「紀ノ川」（中日劇場、二日〜二十八日）が上演された。十二月、花崎采琰訳『中国悲曲　飲水詞』（東方文藝の會発行）、「あとがき」に「有吉佐和子様の一周忌記念出版について」が付く。

昭和六十三年（一九八八）
五月十日、秋津（明治三十七年〈一九〇四〉生）逝去。十月二十日、日本近代文学館主催の「女性作家十三人展」（池袋・東武百貨店）催される〈十一月一日迄〉。「女性作家十三人」は、樋口一葉、与謝野晶子、田村俊子、野上弥生子、岡本かの子、宮本百合子、平林たい子、林芙美子、円地文子、壺井栄、宇野千代、佐多稲子、有吉佐和子。

平成十年（一九九八）

五月二十八日、夫の神彰（大正十一年〈一九二二〉生）逝去。喪主を娘の玉青がつとめた。

平成十二年（二〇〇〇）

一月、和歌山県那賀郡那賀町（現、紀の川市）の青洲の里で「有吉佐和子展」が開催される。

平成十三年（二〇〇一）

十月、和歌山県公館で「有吉佐和子特別展」が開催される。

平成十七年（二〇〇五）

有吉佐和子の蔵書の一部が和歌山市民図書館に寄贈される。

平成二十六年（二〇一四）

八月、和歌山市和歌の浦アート・キューブで「有吉佐和子没後30年特別展」が開催される。十一月、東京都杉並区立郷土博物館で「有吉佐和子歿後30年記念特別展　いのちの証――書くこと、家族、杉並――」が開催される。

平成二十八年（二〇一六）

十月、有田市市制六〇周年記念「小説『有田川』の世界」が開催される〈一日～十一月二十七日〉。

平成三十年（二〇一八）

一月、トークイベント「有吉佐和子と和歌山の文学～歴史と風土と人と～」が和歌市民図書館で開催される〈二十日〉。十二月、「文学特別展　有吉佐和子と丸川賀世子――二人の作家の友情」

〈十六日〜翌年二月八日〉が開催される。

令和二年（二〇二〇）

六月、和歌山市屏風丁（和歌山市駅前）に市民図書館オープン。二階に、有吉佐和子文庫が旧市民図書館から移設された。

〔付　記〕

本年譜を作成するにあたり、有吉佐和子没後の関連項目や参考記事を収載することも心掛けました。遺漏が多いかと思いますが、御指摘頂けましたら幸いです。なお、主に以下の文献のお世話になりました。付記して謝意に代えさせて頂きます。但し、文学全集、作品集、事典（辞典）の類は割愛しました。

◇主要参考文献

㈠　研究

『和歌山県政史　第二巻』（昭和四十六年三月一日、和歌山県）

『和歌山県史　人物』（平成元年三月三十一日、和歌山県）

『九度山町史』（昭和四十年十一月二十五日、九度山町史編纂委員会）

『年表――和歌山県政史付録――』（昭和四十六年三月一日）

『郷土資料事典和歌山県・観光と旅』（昭和五十七年二月一日、改訂六版、人文社）

『和歌山県地名大辞典』〈角川日本地名大辞典30〉（昭和六十年七月八日、角川書店）
『和歌山県の百年』〈県民100年史〉（高嶋雅明著、昭和六十年五月十日、山川出版社）
『図説　和歌山県の歴史』（安藤精一責任編者、昭和六十三年十月五日、河出書房新社）
『和歌山県史　近現代二』（平成五年三月三十一日、和歌山県）
『定本　紀ノ川・吉野川―母なる川　その悠久の歴史と文化』（中野榮治監修、平成十五年七月五日、郷土出版社）
『目で見る橋本・伊都・那賀の100年』（北尾清一・岩鶴敏治監修、平成五年十二月十日、郷土出版社）
『新潮日本文学アルバム71　有吉佐和子』（宮内淳子編、平成七年五月十日、新潮社）
『海部郡木本村高橋家文書目録』（和歌山県立文書館、平成十一年三月三十一日）
『資料　有吉佐和子著作年表稿』（岡本和宜・半田美永編、『皇學館論叢』平成十二年八月十日）
『資料　続有吉佐和子著作年表稿――附・演劇上演目録稿』（岡本和宜・半田美永編、『皇學館論叢』平成十二年十月十日）
『作家の自伝109　有吉佐和子』（宮内淳子編、平成十二年十一月二十五日、日本図書センター）
『有吉佐和子の世界』（井上謙・半田美永・宮内淳子共編、平成十六年十月十八日、翰林書房）

㈡　回想・評伝

『ずいひつ』（有吉佐和子著、昭和三十三年九月十日、新制社）

『終らぬ夏』〈第一部・蟻（一）～（十）〉（有吉佐和子著、『文学界』昭和四十四年一月～十月）

『黄金の針――女流評伝――』（室生犀星著、昭和三十六年四月五日、中央公論社）

『回想　戦後の文学』（谷田昌平著、昭和六十三年四月二十五日、筑摩書房）

『踊って躍って八十年――想い出の交遊記――』（吾妻徳穂著、昭和六十三年十一月十六日、読売新聞社）

『有吉佐和子とわたし』（丸川賀世子著、平成五年七月二十日、文藝春秋）

『めぐり逢った作家たち』（伊吹和子著、平成二十一年四月十日、平凡社）

『身がわり　母・有吉佐和子との日日』（有吉玉青著、平成元年三月二十日、新潮社）

『ソボちゃん――いちばん好きな人のこと』（有吉玉青著、平成二十六年五月二十三日、平凡社）

『親の歳』（有吉玉青著、平成二十九年五月七日、『日本経済新聞』）

『近影遠影――あの日あの人――』（高橋一清著、平成二十九年九月十三日、青志社）

㈢　パンフレット

『有吉佐和子歿後30年記念特別展　いのちの証――書くこと、家族、杉並――』（平成二十六年十一月〈日付無し〉、杉並区立郷土博物館）

『有吉佐和子の文学――紀州三川《さんせん》物語から社会派小説へ――』（平成二十八年三月十八日、阪南市立図書館・阪南市読書友の会・阪南市立文化センター共催事業）

『特別展　小説「有田川」の世界』〈有田市市制六〇年記念〉（平成二十八年十月一日～十一月二十七日、有田市教育委員会）

『文学特別展　有吉佐和子と丸川賀世子――二人の作家の友情』（平成三十年十二月十六日～翌年二月八日、徳島県立文学書道館）

あとがき

長いトンネルの中に居たような時間だった。令和二年。一月中旬と三月下旬に、伊勢神宮に遠来の友を迎えて以後、私は、この年の一年間の殆どを自宅で過ごした。新型コロナウイルス。この見えない微粒子と向き合い、私たちの世界は、大きく変わった。生活の様式も動向も、そうして歴史と向き合う姿勢や、人生観も。これで良かったのか、これからも、これで良いのかという問いかけも、おのずから心の中に浮かんできたのだった。

消費は美徳だという、近代資本主義下の、今も通用する考え方は、微塵となって宇宙の彼方へと消えた。経済優先思考は、人心に大きな混乱をもたらした。人類の最大の危機の訪れ――自然災害の多発、加えて経験したことのない百年に一度といわれる疫病の蔓延は、多くの課題を炙り出し、私たちの思考の根幹を揺さぶるものだった。小松左京の作品「復活の日」（昭和三十九年）「日本沈没」（昭和四十八年）は、世界の滅亡を想像させる程に、メディアを通して強くよみがえってきたのであった。

かつて、一世を風靡した有吉佐和子「複合汚染」（昭和五十年）は、話題に上らなかったか、

「恍惚の人」（昭和四十七年）はどうだったか。寡聞にして、私は知らない。ただ、実家や生家を残したまま、若者は仕事を求めて都会へと向かう、明治以降の都会志向の風景が、ますます濃厚になった今、二十世紀以降の日本の現在を思う。主を失った多くの家々が、空き家となった。「家の問題」は、私の知るアジア諸国周辺にもおよび、高齢者の立ち位置を考えるキッカケとなっている。

有吉佐和子を通して、わたくしが、このような現代に通じる命題を突き付けられたのは「香華」という作品だった。和歌の浦の歴史と景観の保全を目的とした学術企画で、文学分野の担当責任者は村瀬憲夫教授（現在、近畿大学名誉教授）だった。その成果は『和歌の浦　歴史と文学』（和泉書院、平成五年五月）に収められた。母と娘を主題としたこの作品は、対立から融和へと向かう。しかしその後、母の遺骨を携えて郷里に戻った娘が、ついに係累の「家」からは拒絶されるという物語である。

娘は、母の骨包みを抱いたまま、和歌の浦の老舗旅館に宿泊する。この時、うち寄せる波は、この母娘の心を慰撫するのであった。その一部を引用してみよう。

「いい景色だこと」

朋子は眼を細めて呟いていた。海の広がりは心を和ませる碧さをもっていた。今の先までの苛々した怒りが、波の音一つ一つに打ち消されて行くような気がする。

（「香華」第二十五章）

母は郁代、娘は朋子という。和歌の浦の岡本楼に宿をとった朋子は、この時、実子のいない女将の苦労話を聞かされる。女将は「寄せる波はあっても返す波がない」片男波の非情を、朋子に説き聞かせたのである。片男波の「波」は、過去への決別を意識する朋子の決意を促すものの象徴として、作品の末尾に書き込まれていたのだった。「紀ノ川」の向こうにある「茫洋として謎ありげな海」が、華子の将来を象徴的に物語るように、「海」は有吉佐和子の文学と生を支える熱量の一部だったのだ。さらに言えば、「色の様々を見せる海」とは、彼女の再生を約束する「様々を」暗示している。小説「紀ノ川」は、「還りて蘇活《そかつ》する」(捜神記)物語である。

本書には付章として、「訪問記」をはじめとする有吉佐和子の初期資料を収めた。これらの資料は、「紀ノ川」の読解に役立つだけではなく、有吉文学の全体を知るためには必要な文献であろうと判断したからである。

かつて、わたくしは、井上謙先生のお誘いを受けて、宮内淳子氏とともに『有吉佐和子の世界』(翰林書房、平成十六年十月)を編集したことがあった。その直後に、某出版社から「有吉佐和子資料集」の刊行が企画されていたが、事情により、この「資料集」の刊行は実現しなかった。そして、井上先生は平成二十五年(二〇一三)二月八日に他界された。

その時の資料が、「演劇界」の林幸男社長に託されていたことが分かり、有吉玉青さんを介して、数年前に筆者の目に触れることになったのである。それらの資料の一部を活用し、また、その後に筆者が蒐集した資料を加え、整理・編集の上、解説を施して、ここに収録した。有吉佐和子関連資料は、すでに私たちの共有財産であり、広く読者に公開されるべき時期に達していると の思いからである。

＊

本書をまとめるにあたり、度重なる筆者の質問にも、親切且つ適切に応えてくださった有吉玉青様に心よりの御礼を申し上げます。また、国立国会図書館（東京本館・関西館）、日本近代文学館、三重県立図書館、阪南市立図書館、和歌山市民図書館（有吉佐和子文庫）、日本赤十字社和歌山医療センターなど、親切に対応してくださったスタッフの皆様、そして、これまでにお導き頂きました全ての皆様、有難うございました。

最後に、出版状況の極めて厳しい折、本書の出版を快諾して頂きました鳥影社の百瀬精一社長、ならびに編集でお世話になりました北澤晋一郎氏、校正の矢島由理氏に感謝の気持ちを捧げます。

――奇しくも、有吉佐和子生誕九十年の歳に。――

令和三年・桃の花の咲く日。

春の苑《その》　紅《くれなゐ》にほふ　桃花《もものはな》　下照《したで》る道に　出で立つ少女《をとめ》

（万葉集　巻十九・四一三九）

＊本書は、左記の拙稿に加筆、または新たに書き下ろしたものです。

「有吉佐和子文学の濫觴《らんしょう》―歌舞伎のこと―」（『いずみ通信』第四十四号、平成三十年六月）

「有吉佐和子『紀ノ川』における〈虚〉と〈実〉―花の実家はなぜ〈九度山〉なのか―」（『季刊文科』第八十一号、令和二年六月）

「有吉佐和子・歌舞伎関係資料―アメリカ留学時代―」（『皇學館論叢』第五十二巻第五号、令和元年十月）

「有吉佐和子訪問記―『歌舞伎の話を訊く（抄）』―」（『皇學館論叢』第五十三巻第二号、令和二年七月）

「有吉佐和子『紀ノ川』の研究―物語の詩と真実―」（『皇學館大学紀要』第五十九輯、令和三年三月）

〈著者紹介〉

半田美永（はんだ よしなが）

昭和22年（1947）8月、和歌山県生。皇學館大学大学院博士課程修了。

専攻、国文学（近代文学）。職歴、講談社子規全集編纂室、智辯学園和歌山中学・高等学校教諭、皇學館大学教授を経て、平成30年（2018）3月、皇學館大学特別教授を任期満了退職。博士（文学）。

現在、皇學館大学名誉教授。中国河南師範大学客員教授。

主要単著 『劇作家阪中正夫—伝記と資料』（和泉書院、昭和63年）、『佐藤春夫研究』（双文社出版、平成14年）、『文人たちの紀伊半島』（皇學館出版部、平成17年）、『近代作家の基層—文学の〈生成〉と〈再生〉・序説』（和泉書院、平成29年）。

共編著『紀伊半島近代文学事典』（和泉書院、平成14年）、『有吉佐和子の世界』（翰林書房、平成16年）、『丹羽文雄と田村泰次郎』（学術出版会、平成18年）、『丹羽文雄文藝事典』（和泉書院、平成25年）、『日本俳句入門』（上海世界図書出版公司、令和2年）他。歌集『中原の風』（平成20年、短歌研究社）等。

国際熊野学会理事（副代表）、子規研究の会理事（会長）、伊勢日赤病院倫理委員等。

放送大学、明治大学リバティアカデミー、早稲田大学エクステンションセンター等の講師を務める。

有吉佐和子論

—小説『紀ノ川』の謎—

定価（本体2000円＋税）

2021年5月 8日初版第1刷印刷
2021年5月13日初版第1刷発行
著 者 半田美永
発行者 百瀬精一
発行所 鳥影社 (choeisha.com)
〒160-0023 東京都新宿区西新宿3-5-12トーカン新宿7F
電話 03-5948-6470, FAX 0120-586-771
〒392-0012 長野県諏訪市四賀229-1(本社・編集室)
電話 0266-53-2903, FAX 0266-58-6771
印刷・製本 モリモト印刷

ISBN978-4-86265-884-5 C0095